Elisabeth Steinkellner

Rabensommer

Der Roman *Rabensommer* wurde mit dem Hans-im-Glück-Preis ausgezeichnet.

Elisabeth Steinkellner

Rabensommer

Roman

GULLIVER
von BELTZ & Gelberg

MIX
Papier aus verantwortungsvollen Quellen
FSC® C089473

Dieses Buch ist erhältlich als:
ISBN 978-3-407-74916-1 Print
ISBN 978-3-407-74610-8 E-Book (EPUB)

in der Verlagsgruppe Beltz · Weinheim Basel
Werderstraße 10, 69469 Weinheim

Lektorat: Barbara Gelberg
Neue Rechtschreibung
Einbandgestaltung: Cornelia Niere, München
Bildnachweis: plainpicture/Hanka Steidle aus der Kollektion Rauschen; shutterstuck/Ihar Kaskevich (Raben)
Gesamtherstellung: Beltz Bad Langensalza GmbH, Bad Langensalza
Printed in Germany
1 2 3 4 5 21 20 19 18 17

Weitere Informationen zu unseren Autoren und Titeln finden Sie unter: www.beltz.de

Erster Teil

Ronjas Lippen schmecken nach Rauch, und ich spüre, dass sie an einer Stelle rissig sind, da kratzen sie leicht an meinen. Ich mag solche kleinen Unebenheiten an Ronja, wie rissige Lippen zum Beispiel. Der Wind fährt ihr von hinten ins Haar und ihre Locken beginnen sich zu drehen und zu tanzen und mich dabei an Wangen und Hals zu kitzeln.

Der warme Nachtwind hat es in sich. Ich stelle mir vor, dass in Nächten wie dieser mehr Kinder geboren werden als sonst. Und auch mehr gezeugt. Und die Katzen verkriechen sich in den Büschen, weil ihnen diese eigenartige Stimmung verdächtig ist. In windigen Nächten passieren mehr Unfälle und es kommt häufiger zu plötzlichen Todesfällen, habe ich mal irgendwo gelesen. Aber eigentlich ist das jetzt alles egal, denn Ronja küsst mich, und ihre Zunge bewegt sich im Rhythmus eines Songs, der ihr vermutlich gerade im Kopf herumschwirrt.

Als ich kurz die Augen öffne und an Ronjas Wange vorbeischaue, bemerke ich, dass Niels gerade zu uns herübersieht. Zuschaut, wie wir beide mit unseren Zungen beschäftigt sind. Er guckt ein bisschen seltsam, aber mehr nicht, dann dreht er den Kopf wieder weg und ruft irgendwas in Richtung von August. Es scheint ihn nicht besonders irritiert zu haben, uns zuzusehen. Was bedeutet, dass er betrunken ist. Total betrunken sogar, denn wäre er auch nur halbwegs nüchtern, hätte in seinem Blick Ärger geblitzt und ich wüsste, wir würden später deswegen Streit haben. Aber da war nichts in seinem Gesicht, fast gar nichts, nur ein kurzes Aufflackern von Verwunderung, aber nicht mehr, und das heißt, er ist so betrunken, dass er sich morgen an nichts erinnern wird.

Ronja riecht süß, sie riecht nach Vanille, sie riecht nach einer lauen Juninacht, wie heute eine ist. Unsere Lippen lassen voneinander ab, wir kichern ein bisschen, so wie wir es immer tun nach einem Kuss wie diesem, und dann drehen wir die Köpfe und blicken eine Weile einfach in die Lichter der Stadt, die von da unten als bunte Punkte und Streifen zu uns hoch leuchten, zu uns auf unseren Hügel herauf. Und es gibt nichts zu sagen, wir müssen nur schauen, sonst ist nichts zu tun.

Ronja legt den Arm um mich und den Kopf an meine Schulter, und im nächsten Moment spüre ich, dass sich auch auf meiner anderen Schulter ein Kopf niederlässt, und noch bevor ich hinsehen kann, weiß ich schon, es ist der von August. August schnurrt leise vor sich hin, ganz dicht an meinem Ohr, er hat auch schon eine Menge getrunken. Wir haben ein bisschen über die Stränge geschlagen, ein paar Flaschen Wein mehr als sonst und auch eine Flasche Cognac war dabei. Aber es gibt eben was zu feiern.

August hebt den Kopf, und sofort weht der Wind die Wärme von meiner Schulter, sodass sich die Stelle plötzlich kühler und verlassener anfühlt als der Rest meines Körpers. Aber dann legt August seinen Arm um meine Taille und die Wärme kehrt zurück. Und seinen anderen Arm legt er um Ronjas

Rücken, schließt damit den Kreis, und einige Minuten stehen wir so zu dritt, umarmt und ohne etwas zu sagen.

Dann ist plötzlich Niels da und drängt sich dazwischen. Nicht zwischen Ronja und mich, auch nicht zwischen August und mich. Er drängt sich zwischen Ronja und August und kurz bin ich überrascht darüber. Ich fange seinen Blick auf, aber der ist konturlos und glasig.

Zu viert stehen wir in einem winzigen Kreis, ganz eng, so vertraut wie langjährige Freunde eben, und sogar noch ein bisschen enger und vertrauter, wie betrunkene langjährige Freunde eben. August schiebt den Kopf ein kleines Stück nach vorne und klimpert mit den Wimpern, spitzt die Lippen und macht schmatzende Geräusche in das kleine bisschen Luftraum, das zwischen uns geblieben ist. Ronja macht es ihm ohne zu zögern nach. Kussgeräusche schwirren durchs Dunkel wie ein Schwarm verliebter Käfer. Dann treffen sich ihre Lippen und weichen nicht wieder zurück. Kurz sehen wir ihnen zu, Niels und ich, einen Moment lang, bevor wir uns auch einklinken, ohne noch einen Blick gegenseitigen Einverständnisses gewechselt zu haben. Als hätte uns alle ganz plötzlich eine große Sehnsucht übermannt. Und ich denke: Es ist gut, Ronjas Lippen an meinem einen Mundwinkel zu spüren und Augusts an meinem anderen, die einen fühlen sich vertraut an, die anderen aufregend. Nur Niels' und meine Haut treffen sich in dieser Position nicht, aber wie Niels schmeckt, weiß ich ohnehin.

Dann prustet Ronja los, macht sich frei und läuft weg, »Muss mal Pipi«, gluckst sie und ist kurz darauf hinter einem Busch verschwunden. August grinst ihr hinterher. Ich suche

Niels' Blick, der diesmal meinem standhält und nicht abdriftet. Er lächelt ein bisschen, ein bisschen belämmert, aber ich schaue vermutlich so ähnlich drein.

Augusts Arm liegt immer noch um meinen Körper, die Hand ist ein bisschen tiefer gerutscht, das fällt mir jetzt ganz plötzlich auf. Liegt nun auf meinem Hintern, und kurz hoffe ich, dass es Absicht ist, verscheuche den Gedanken aber sofort, schüttle dabei wie zur Verstärkung den Kopf, und Niels bemerkt es und lacht. »Was'n los?«, lallt er. Schnell schiebe ich meine Hand in die von Niels und August lässt seine von meinem Hintern rutschen und verschränkt seine Finger mit denen meiner freien Hand. Dann ist auch Ronja zurück und greift nach August. Diesmal stehen wir nicht im Kreis, sondern schnurgerade nebeneinander, Hand in Hand, wie eine richtig schöne Kindergartenreihe, und man könnte meinen, gleich würden wir beginnen, ein Gedicht aufzusagen. Tun wir aber nicht, stattdessen sehen wir stumm den Lichtern der Stadt beim Glitzern zu. Und irgendwie kriecht dieses Glitzern langsam den Hügel herauf, uns auf die Haut, und dann leuchten wir alle, als wären wir von einer feinen Goldschicht bedeckt.

Augusts Handy klingelt. »Scheiße«, flucht er, »wer ruft denn jetzt an?« Er würgt das Klingeln ab. »Verdammt, der ganze Moment im Arsch.« Aber länger hätten wir es ohnehin nicht ausgehalten, es wäre zu kitschig geworden, und irgendjemand hätte angefangen, darüber Witze zu reißen.

Wir lassen uns in die Wiese sinken, liegen eine Weile einfach so herum im schwarzen Gras. Hin und wieder bewegt sich etwas Glühendes durch die Luft, verharrt wenige Zentimeter vor zwei leicht geöffneten Lippen, dann knistert es und kurz darauf hängt Rauch über uns und es riecht nach Tabak und Gewürzen. Ich spüre, wie mir die Kühle der Nacht Gänsehaut auf die Arme legt. Irgendwo in meinem Rucksack ist ein Pulli, fällt mir ein, aber der Rucksack erscheint mir weiter weg als der Polarstern und meine Trägheit siegt über das Kältegefühl. Ich schließe die Augen, höre dem Surren in meinem Kopf zu und denke: Die Nacht hat einen Namen. Diese Nacht hat auf jeden Fall einen Namen! Ich weiß nicht, welchen, mir fallen nur lächerliche Hundenamen ein, Hannibal und Amadeus und so, die passen aber alle nicht. »Welchen Namen hat diese Nacht?«, rufe ich laut, und August sagt prompt: »Lolita«, und Ronja sagt: »Francesco«, und Niels sagt: »Hä?« Er versteht es nicht. Wieso versteht er das bloß nicht? Was ist das nur, das uns trennt?

Aber bevor ich weiter darüber nachdenken kann, dringt ein Geräusch in mein Bewusstsein. Ein Brummen. Zuerst ganz leise, dann immer deutlicher. Klingt wie ein Mofa, das sich knatternd den Hügel heraufmüht. Kommt immer näher und kommt auf jeden Fall hierher, denn hier ist das Ziel und außerdem der Weg zu Ende. Niemand reagiert, obwohl wir es mit Sicherheit alle hören und wissen, das ist das Aus für diesen Abend, denn hier oben kann man sich nicht aus dem Weg gehen.

Das Brummen verstummt schlagartig, und kurz darauf stolpern sie auch schon heran, kichernd und zappelig, kaum älter als vierzehn, vermutlich frisch verliebt. Setzen sich ein Stück weiter weg ins Gras und beginnen zu knutschen, was nicht zu überhören ist. »Müssten die um diese Uhrzeit nicht längst zu Hause sein?«, knurrt Niels so laut, dass die beiden kurz voneinander ablassen und verunsichert zu uns herübersehen, aber Ronja, versöhnlich: »Na los.« Sie steht auf, sucht den Boden nach leeren Flaschen ab, trägt sie zum Mülleimer und greift sich ihren Rucksack. Wir anderen trotten ihr hinterher.

Der Weg nach unten ist steil und dunkel und zweimal rutsche ich fast auf dem Schotter aus. Der Mond hat sich bisher nicht blicken lassen, aber jetzt kommt er als fein geschwungene Linie hinter den Wolken hervor. »Schön für euch«, sage ich laut und meine das junge Liebespärchen, aber niemand fragt nach.

Unten angekommen, stehen wir wieder im Kreis, aber diesmal kein Viererküssen, sondern Schuhspitzenstarren. Wer wird wohl den Anfang machen, denke ich und weiß es doch schon. »Also, wir gehen dann mal«, sagt Niels. Sagt es für uns beide, ungefragt. Und ich würde sie so gern mitnehmen, Ronja und August, mit zu Niels, anstatt sie gemeinsam davonschlendern zu lassen. Ob Ronja wohl noch zu August mitkommen wird, frage ich mich, obwohl ich weiß, dass es nicht so sein wird. Und vor allem, selbst wenn, dann würde da nichts laufen, gar nichts, ebenso wenig wie in all den Jahren, in denen wir vier nun schon Freunde sind. Vielleicht würden sie reden, einen Film ansehen oder Milch trinken, gegen den Geschmack von zu viel Rauch und Alkohol. Trotzdem fühlt sich der Gedanke seltsam an, und ich weiß nicht mal so recht, warum.

In Niels' Zimmer ist es stickig. Ich öffne das Fenster und setze mich aufs Fensterbrett, sofort kommt der Wind und zerzaust mir das Haar. Das Klangspiel im Fensterrahmen klimpert laut. Der scheint heute gar nicht müde zu werden, dieser schlaflose Wind, dem geht es ähnlich wie mir.

Niels zieht sein Shirt über den Kopf, streift Hose und Unterhose gleichzeitig ab und legt sich nackt ins Bett. Ich sehe ihm zu, warte. Das Windspiel klirrt an meinem Ohr und schrillt als Echo in mir nach. Was ist das nur, denke ich, was ist heute anders als sonst? Es kann doch nicht sein, dass es bloß die eine Zahl ist, die sich da ändert.

»Kommst du?«, fragt Niels, und ich gleite vom Fensterbrett und ziehe mich ebenfalls aus, so langsam ich kann. Lege mich neben ihn und suche das Glitzernde an ihm. Aber das ist schon kurz nachdem wir uns von Ronja und August getrennt haben verkrustet und jetzt fällt es in groben Schuppen ab. Ich streiche die Goldschuppen mit einer unwirschen Handbewegung vom Leintuch ab und sie fallen zu Boden und lösen sich in Luft auf. »Was machst du denn?«, fragt Niels hörbar irritiert, und ich fühle mich ertappt.

Er macht keine Anstalten, mich zu berühren, keine Anstalten, mit mir schlafen zu wollen, und ich selbst habe auch keine Lust, mich näher an ihn heranzurollen. Ich sehe stattdessen an die Decke und denke plötzlich, was ich eigentlich gar nicht denken wollte, aber die Worte springen mir in den Kopf, und ich bin nicht schnell genug, um sie rechtzeitig zu verscheuchen: Vielleicht, denke ich, fühlt er sich so an, der Anfang vom Ende.

Ich blicke vorsichtig zu Niels. Versuche, in seinem Gesicht

Spuren des Anfangs zu finden, nicht des Anfangs vom Ende, sondern unseres Anfangs. Dieses spezielle Flackern vielleicht. Denke, dass wir ja beide betrunken sind und morgen früh die Welt wieder anders aussehen wird.

Niels hat schon die Augen geschlossen und atmet schon schwer. Ich will etwas sagen, irgendwas, doch da murmelt Niels: »Gute Nacht, Juli.« Und dreht sich weg, seinen Kopf zur Wand, und mitten in dieser Bewegung sagt er noch was, etwas, das ich nur mit Mühe verstehe: »Ach ja, und alles Gute zum Geburtstag.«

Achtzehn. Acht und zehn. 18. Drei mal sechs. Neun mal zwei. So ist das also.

Als ich vor einigen Jahren an diese Schule gekommen bin, mussten wir am ersten Schultag alle nacheinander aufstehen und unsere Namen sagen. Ich bin aufgestanden und habe »Juli« gesagt, und sofort ist einer aufgestanden, der hat »August« gesagt. Die ganze Klasse hat gejohlt und da sind wir nun beide gestanden, ich bin rot geworden und August hat verschmitzt in meine Richtung gegrinst, so wie er eben ist. Dem ist eben nie etwas peinlich, der steht so fest und sicher auf seinen beiden Beinen, dass ihm nichts und niemand etwas anhaben kann.

Ronja habe ich bereits gekannt und Niels ist mir lange Zeit gar nicht richtig aufgefallen. Aber irgendwann bin ich morgens aufgewacht und hatte das Gefühl, wir wären schon seit tausend Jahren beste Freunde.

Und jetzt sind wir alle achtzehn, und ich war die Letzte, die diese magische Schwelle überschritten hat. Und dann, ein paar Tage später, habe ich auch noch den Schulabschluss, die Matura*, gemacht. Irgendwie, so ganz nebenbei, wie es mir jetzt vorkommt, obwohl das natürlich so nicht stimmt. Sicher

*Die Matura ist das österreichische Abitur.

war ich aufgeregt, und ich glaube mich auch zu erinnern, dass die Wochen davor bis zum Rand mit Lernen gefüllt waren. Aber jetzt, im Nachhinein, kommt mir das alles so unwirklich vor. Als hätte ich einfach eines Tages ein Zeugnis in meiner Tasche entdeckt und da wäre mein Name draufgestanden, und ich hätte gedacht: Ach ja, da war doch irgendwas, muss wohl der Abschluss gewesen sein.

Niels' Jahresnoten waren so schlecht, dass er gar nicht zu den Prüfungen antreten durfte und noch ein zusätzliches Jahr aufgebrummt bekommen hat. »Da ist nichts zu machen, Niels«, haben die Lehrer gesagt und bekümmert die Stirn gerunzelt, zumindest so getan als ob. Jedenfalls muss er jetzt die Klasse wiederholen. Und natürlich ist er wütend und enttäuscht, sehr sogar, wahnsinnig sogar, auch wenn er es sich meist nicht anmerken lässt. Und wir anderen bemühen uns, gleichgültig zu wirken, ist doch nur ein Blatt Papier, das jetzt zufällig in unserer Tasche steckt. Und Niels ringt sich ein kleines Lächeln ab, aber im nächsten Moment tritt er mit voller Wucht gegen einen Mülleimer.

Ich gehe zu ihm, will ihn von hinten umfassen, aber noch bevor meine Arme ihn berühren können, versetzt es mir schon einen elektrischen Schlag, so aufgeladen mit Wut ist Niels. Also nehme ich meine Arme zurück und sage sanft: »Hey, Niels, hey.« Aber das ist doch alles scheiße und das wissen wir alle. Ich werfe Ronja und August einen ratlosen Blick zu und Ronja kommt, übernimmt, greift vorsichtig nach Niels' Schulter und dreht ihn herum zu sich. Und er lässt sich in den Arm nehmen, vergräbt das Gesicht in ihren dunklen Locken, flucht leise, aber es ist gut, es ist gut jetzt.

Ich spüre einen kleinen Stich, weil ich weiß, dass Niels mich nicht in dieser Rolle gewollt hätte. Dass es Ronja sein musste, tut weh, obwohl es in Ordnung ist. Das geht schon klar unter besten Freunden. So wie Ronja und ich eben manchmal Küsse austauschen, wenn uns danach ist. Obwohl das für Niels nicht wirklich klargeht, da wird er ärgerlich: »Was soll das, ich küsse doch auch niemanden außer dir.« »Ist doch nur freundschaftlich«, sage ich, »wieso verstehst du das nicht? Ist eben so unter besten Freundinnen.« »Wie bitte kann ein Kuss freundschaftlich sein?«, regt er sich auf, kapiert das einfach nicht. Vielleicht würde ich es auch nicht kapieren an seiner Stelle, keine Ahnung, er und August küssen sich ja nicht. Aber für mich ist die Sache klar: schön und vertraut, wie eine innige Umarmung zum Beispiel. Und dagegen hat er ja auch nichts einzuwenden. Genau das macht er ja gerade, sich inniglich umarmen, mit Ronja, nicht mit mir.

Unter anderen Umständen wäre ich also an dieser Stelle eifersüchtig, wären wir nicht alle so eng befreundet und wüsste ich nicht, dass zwischen Ronja und Niels ohnehin nie was sein würde. Denn da ist nie etwas zwischen Ronja und irgendwem sonst. Ronja mit der Hippie-Mutter. Die ihr diesen Hippie-Namen gegeben hat. Ronja wie Ronja Räubertochter. »Aber Ronja Räubertochter ist doch absolut cool«, sage ich. »Ja«, sagt Ronja, »aber eben von den Hippie-Eltern dieser Welt als Name für ihre Hippie-Kinder okkupiert.« »Hippie-Eltern zu haben, ist doch auch total cool«, sage ich. »Nein«, sagt Ronja, »nicht so sehr, wie du dir das vorstellst.« Aber dann sagt sie: »Na ja, es gibt Schlimmeres.«

Schlimmeres als Hippie-Eltern und Hippie-Namen, aber

nichts Schlimmeres für Ronja, als nur nach ihrem Aussehen beurteilt zu werden, das tatsächlich der Wahnsinn ist. »Pfff …«, faucht sie, »wenn mir im Schwimmbad der Bikiniträger runterrutscht, können sie gar nicht wegsehen, aber wenn ich sage, ich will mal Trickfilme machen oder in Neuseeland Pinguine beobachten, gähnen sie gelangweilt.«

Ronja küsst nie, zumindest fast nie, mich manchmal, und es gab da auch zwei, drei Jungs, aber mehr ist da nicht, finito. »Du könntest sie alle haben«, sage ich. »Genau«, sagt sie, »genau deshalb.« Weil sie weiß, dass keiner ihrer Verehrer ihre rissigen Lippen bemerken würde. Deshalb will Ronja lieber Trickfilme machen als mit irgendwem vögeln, deshalb liest sie Judith Butler, aber die, die ihr hinterherhecheln, fragen: »Wer is'n das?« Und sie hecheln, obwohl Ronja nicht mal Makeup oder schicke Kleidung trägt, nichts Knappes oder Kurzes, tief Ausgeschnittenes oder Durchsichtiges, bloß Jeans und T-Shirt, aber sie wirkt. Ronja wirkt. Und lässt sich trotzdem nicht beirren, die macht ihr eigenes Ding, geht ihren eigenen Weg und Gruppenzwänge und so was können ihr nichts anhaben.

Und darin treffen sie sich, Ronja und August.

Und manchmal frage ich mich, wie Niels und ich da dazupassen.

Und manchmal frage ich mich, wie Niels und ich überhaupt zusammenpassen.

Eine Weile schlendern wir einfach durch die heiße Stadt. Gehen, wohin unsere Beine uns tragen, es gibt kein Ziel und keinen Plan. Irgendwann lassen wir uns auf der Brücke nieder, der einzigen Brücke in dieser Kleinstadt. Da dürfen keine Autos drüberfahren, ist nur für Fußgänger und Fahrradfahrer. Wir sehen nach oben ins Blau, blinzeln, weil die Sonne in den Augen brennt, und sehen nach unten ins Grün, ins grüne Wasser des Flusses, der da unter uns so träge fließt. Und die Beine haben wir zwischen die Gitterstäbe des Geländers gesteckt, und da baumeln sie jetzt, acht schlenkernde Gliedmaßen und unten dran acht Füße mit insgesamt vierzig Zehen.

»Ich geh nach London im September«, sagt Ronja unvermittelt, und Niels zieht überrascht die Augenbrauen hoch. »Echt«, fragt er, »und was machst du dort?« »Au-pair«, sagt Ronja und klingt gleichgültig dabei, aber das stimmt nicht, sie sieht das Ganze bloß ein bisschen pragmatisch. Macht das eben einfach deshalb, damit sie mal eine Weile in London leben kann, aber das ist doch okay, sie ist bestimmt trotzdem nett zu den Kindern. »Da sind irgendwelche entfernten Verwandten von mir«, fügt Ronja hinzu, »die brauchen wen, der ein bisschen hilft. Hat sich irgendwie so ergeben und ich find's ganz gut.«

Niels lächelt. »Cool«, sagt er. Dann wird sein Blick trübe

und schließlich stumpf. Er denkt wohl wieder daran, dass Pläneschmieden für ihn erst in einem Jahr infrage kommt. Wir halten uns an der Hand, aber ich merke, wie seine Hand sich meiner jetzt am liebsten entziehen würde. Wenn Niels traurig oder wütend ist, will er meine Nähe nicht. Aber diesmal gebe ich seine Hand nicht frei. Nehme sie stattdessen in meine beiden Hände, drücke sie, knete sie, küsse sie und zeichne sämtliche Lebens- und Schicksalslinien nach. Er lässt mich gewähren und nach einer Weile klart das Trübe sogar wieder ein wenig auf.

Niels ist ein guter Sportler, er spielt Volleyball im Schulverein, und sein Team kann im nächsten Jahr bei den Mannschaftsspielen froh sein, wenn er noch ein Jahr länger in die Schule muss. Er wird darüber nicht froh sein, aber er wird den Sieg trotzdem genießen und anschließend feiern und trinken. Und vielleicht sitzt dann Sarah neben ihm und sieht ihm ein bisschen zu tief in die Augen und dann ...

Dann gar nichts. Dann steht Niels vielleicht auf, geht raus und ruft mich an. Und ich? Werde ich ihm sagen können, dass ich ihn liebe und dass er sich zur Sicherheit ein bisschen fernhalten soll von der Sarah, denn die steht total auf ihn, das weiß doch jeder. Oder werde ich nicht abnehmen, weil ich schlafe? Oder irgendwo anders bin? Und wenn ich woanders bin, wo werde ich sein und bei wem?

Ich werfe Niels einen kurzen Blick zu, verstecke meine Gedanken schnell hinter einem harmlosen Lächeln. Niels lächelt zurück und streicht mir die Haare hinters Ohr. Streicht mir damit die Gedanken aus dem Kopf, ohne von ihnen zu ahnen.

Ronja geht also nach London, davon weiß ich schon seit

einer Weile. Niels bleibt hier, und was ich mache, steht eigentlich auch schon lange fest. Studieren. Ab in die Großstadt, weg aus der Provinz. Und trotzdem kann ich in vier Stunden Zugfahrt bei Niels sein, oder er bei mir.

»Vier Stunden«, sage ich, »ist doch nicht die Welt.« »Nicht die Welt, aber eine Wochenendbeziehung«, sagt Niels, setzt seinen Hundeblick auf und tut ein bisschen jammervoll, damit ich ihn küsse und herze und tröste und so.

Was August macht, weiß keiner, auch nicht er selbst. »Ein Schritt nach dem anderen«, sagt er. »Jetzt ist erst mal Sommer, das reicht doch, oder nicht?« Wir nicken und denken: Klar. Sich noch schnell das Eis von den Fingern zu lecken, bevor es aufs Knie tropft, ist im Moment doch wirklich genug.

Und da sind wir also, mitten im Sommer, unserem letzten gemeinsamen, aber es ist zu heiß, um wehmütig zu sein.

Niels' Mutter macht mir die Haustür auf. Neuerdings gibt sie mir jedes Mal zur Begrüßung zwei Küsschen auf die Wangen, als wären wir beide nun Freundinnen. Ist doch nett, irgendwie, versuche ich mir einzureden. Aber ich denke jedes Mal daran, dass ich vielleicht eines Tages hier klingle und Niels ist gerade nicht da. Und dann bittet mich seine Mutter trotzdem herein und meint, wir könnten doch solange zusammen eine Tasse Kaffee trinken. Und dann rühren wir in unseren Tassen und sie bietet mir Zucker an, und ich nehme welchen, obwohl ich Zucker im Kaffee furchtbar finde, aber alles ist besser, als herumzusitzen und nichts zu reden zu wissen.

Jasmin flitzt an mir vorbei, gibt mir dabei einen flüchtigen Klaps auf den Po und lacht sich im Weiterlaufen halb tot. »Hey, Fräulein«, rufe ich ihr mit gespielter Strenge-Mutter-Stimme nach. Sie kräht noch lauter und ist schon hinter der Klotür verschwunden. Kaum eine Sekunde später höre ich es laut plätschern. Ganz schön frech für eine Achtjährige, denke ich und bin mir in dem Moment nicht sicher, ob ich wirklich so eng sein will mit dem ganzen Niels'schen Familienanhang.

Ich schüttle den Gedanken von mir und klopfe an Niels' Zimmertür. Er liegt auf seinem Bett, Kopf halb hinter dem Laptop verschwunden, ich sehe gerade noch seine Augen. Die schauen mich an, und obwohl sein Mund hinter dem Bildschirm verborgen bleibt, erkenne ich, dass er lächelt. Augen glitzern, Haut drum herum bekommt leichte Fältchen. »Hey«, sagt er.

Ich setze mich aufs Fensterbrett. Das ist in den letzten Jahren irgendwie zu meinem persönlichen Platz in Niels' Zimmer geworden. Da liegen sogar Bücher von mir, eine Vogelfeder und ein abgebrochener Bleistift, den ich nicht spitzen kann, weil Niels so was nicht besitzt, einen Bleistiftspitzer. Weil er gar keine Bleistifte besitzt, glaube ich.

»Du, Niels«, sage ich nach einer Weile, »wie wird das, wenn wir nicht mehr in derselben Stadt wohnen? Schreibst du mir dann Briefe? Echte, meine ich, keine Nachrichten aufs Handy. Ich hätte gerne echte Briefe und echte Postkarten.« Niels lacht kurz auf und sagt dann: »Ja klar, auf rosa Briefpapier, mit echter Tinte.« »Ich meine es ernst«, sage ich und tue ein bisschen beleidigt. »Ich auch«, grinst er und wälzt sich vom Bett. Kommt und küsst mich und fährt mit einer Hand ein klein wenig unter den Bund meiner Jeans, in Richtung meines Hinterns, und das Kleinwenig reicht, um in meinem Bauch ein wohliges Kribbeln auszulösen.

Wenn Niels mich küsst, dann tut er das immer mit ganzer Aufmerksamkeit. Seine Zunge ist rau und seine Küsse sind leidenschaftlich und in gewisser Weise konzentriert. Bei der Sache eben. Meine Küsse schweifen manchmal ab. Zerrinnen. Sind hin und wieder ein bisschen faul. Oder flüchtig. Oft ähnlich hingebungsvoll wie seine, aber eben nicht immer. Niels zu küssen ist schön, aber es zwingt mich, ganz bei ihm zu sein. Und das will ich nicht immer. Manchmal möchte ich mich lieber davonstehlen. Stattdessen den Vögeln zuhören oder eine Zeile aus einem Lied siebenundzwanzig Mal in meinem Kopf vor mich hin singen.

»Niels«, setze ich wieder an, nachdem wir uns lange geküsst haben, »was bedeutet dir eigentlich Ronja?« Niels sieht mich verwundert an, dann verdreht er die Augen und stöhnt auf. Wir wissen beide, dass Ronja einfach nur eine Freundin für ihn ist, aber Niels hat verstanden, dass ich ein Beziehungsgespräch anzetteln will. Eines, in dem es auszuloten gilt, was wir beide eigentlich einander bedeuten, einander noch bedeuten, und darauf hat Niels keine Lust. Hat ja recht, vermutlich kommt dabei eh nichts heraus. Also lenke ich ein und sage: »Schon gut, dann gehen wir eben zum Fluss.« Ich hätte auch sagen können: Schon gut, dann gehen wir eben in die Oper. Niels hätte in diesem Moment alles gemacht, nur um nicht über uns reden zu müssen.

Der Sommer spielt seine höchsten Trümpfe aus, Rekordhitze, verkündet das Radio. Das ständige Duschen haben wir längst aufgegeben, schwimmen gehen hilft ein bisschen. Wir lassen unsere Fahrräder in den Schotter fallen und ziehen uns nackt aus, außer uns beiden ist niemand hier, obwohl man meinen könnte, die ganze Welt müsste an einem Tag wie heute im Wasser sein. Niels hechtet sofort hinein. Ich gehe langsam, Zwergenschritt für Zwergenschritt, das Wasser ist eben doch irgendwie kalt. »Das gibt's doch nicht«, lacht Niels, »bei der Hitze!« Er spritzt nach mir und ich unterdrücke ein Kreischen. Ich will nicht so zimperlich sein, also beeile ich mich, hineinzugehen, und als mir das Wasser bis zum Bauch reicht, tauche ich ohne weiteres Zögern als Ganzes unter. Einmal kurz untertauchen, dann gleich wieder hoch, wieder untertauchen und sofort ein paar Schwimmzüge dranhängen, dann ist es nicht kalt. Niels sieht meinem komischen Wassertanz belustigt zu. Er lacht, aber ich weiß, er findet das auch irgendwie süß.

Wir schwimmen ein Stück, und als meine Arme schwer werden, bleibe ich stehen und suche den Boden unter meinen Füßen. Niels taucht ab und beginnt, mich unter Wasser zu umrunden. Ich sehe zu, wie er unter der Oberfläche dahingleitet. Sein Körper, so vertraut an Land, wirkt hier, im Fluss, irgendwie fremd und geheimnisvoll. Wie ein großer Fisch. Niels ist durchtrainiert, er schwimmt sogar Delfin, ohne albern dabei auszusehen. Er taucht dicht neben mir hoch, streift dabei mit seinem Gesicht meine Hüfte, meinen Bauch, meine rechte Brust und kommt schließlich zum Stillstand, Wange an Wange mit mir. Seine Bartstoppeln kratzen an meiner sonnenverbrannten Haut und ich spüre einen kleinen Schmerz. »Aua«, sage ich, schmatze ihm einen schnellen Kuss auf die Lippen und tauche unter, um das Brennen auf der Wange zu verscheuchen. Niels' Körper wird hier unter Wasser sofort wieder zu etwas Unergründlichem und Vagem, und als ich mit der Hand die Innenseiten seiner Oberschenkel entlangstreiche, ist es aufregend wie beim ersten Mal.

Die Luft geht mir aus und ich tauche auf. Niels winkt in Richtung Ufer. Ich drehe mich um und erkenne August, der schon aus seinen Boxershorts steigt. Ich sehe Niels an und ziehe die Augenbrauen hoch, er zuckt ratlos mit den Schultern. »Schlechtes Timing«, murmelt er. Ich denke: Komisch.

August ist doch sonst nicht so, der erkennt doch in jeder Situation sofort, was da läuft. Der kann doch nicht übersehen, dass Niels und ich jetzt lieber alleine wären. Aber August ist schon im Wasser und schwimmt mit schnellen Zügen auf uns zu. »Wo treibt sich der neuerdings eigentlich immer herum«, murmle ich und meine es eher als Feststellung denn als Frage, aber Niels zuckt wie zur Antwort mit den Schultern.

Seit ein paar Wochen verschwindet August immer wieder für ein, zwei Tage. Geht nicht ans Telefon, ist nicht online, ist einfach nirgends zu finden und wie ausgeklinkt aus dem Leben. Darauf angesprochen, lächelt er nur flüchtig und wechselt das Thema. August eben. Jedem anderen würde man eine derartige Geheimniskrämerei übel nehmen, aber bei August ist ohnehin nichts zu machen. Der ist eben so, wir nehmen es hin und haben aufgehört, uns dadurch betrogen zu fühlen.

Als August nur noch ein paar Armlängen entfernt ist, wird mir mit einem Mal bewusst, dass ich keine Badesachen trage, und die Nacktheit fühlt sich plötzlich seltsam an, zumal August und ich einander noch nie so gesehen haben. Zumindest nicht bei Tageslicht. Ich will wegschwimmen, aber da ist es irgendwie schon zu spät und er steht uns gegenüber.

Niels sagt: »Hey, August«, und setzt im selben Moment zum Schwimmen an. Krault voraus, vermutlich im Glauben, August und ich kämen sofort hinterher. Tun wir aber nicht. Wir stehen immer noch da, und ich bin froh, dass mir das Wasser bis zum Schlüsselbein reicht. Und ich weiß, August kann nicht viel erkennen, vielleicht gerade noch die Umrisse meiner Brüste, aber alles darunter bleibt im trüben Wasser vor seinem Blick verborgen. Sofern er überhaupt schaut.

Ich sehe ihm in die Augen und grinse, versuche, meine Verlegenheit zu überspielen, aber da bin ich bei August an den Falschen geraten. Der denkt nicht daran, irgendwas zu überspielen. Er sieht mich ganz direkt an, mit einem Blick, der nichts von der Spannung, die gerade zwischen uns liegt, zu verbergen versucht. Alles in mir gerät durcheinander und in Aufruhr. Und das nicht zum ersten Mal. Was ist das nur an August? Was ist das nur mit August und mir? Diese Anziehung zwischen uns, die ich manchmal so stark spüre, dass ich glaube, es muss gleich knallen zwischen unseren Nasen. So heftig ist das Knistern. So wie jetzt.

Wir stehen und schauen, das Wasser tropft uns von den Haaren, und irgendwie hört alles auf, das Rauschen des Flusses ist weg und Niels' Stimme und alle Geräusche rundherum. Da ist nichts mehr außer dem Tropfen der Haare und diesem Blick. Stumm geschaltet, die ganze Welt. August. Redet nicht viel, aber wenn er was sagt, dann ist es meistens sehr ehrlich oder sehr klug. Oder sehr witzig. Und er hat diese goldenen Augen, manchmal walnussbraun, dann wieder strohfarben, je nach Lichteinfall. Normalerweise sind mir Augenfarben egal oder zumindest nicht wichtig genug, um sie farblich zu benennen, aber bei Augusts Augen ist das anders. Auf seiner Schulter sitzt eine braun verkrustete Schramme, ich nehme sie aus dem Augenwinkel wahr. Sehe mich, wie ich meine Lippen auf diese Stelle lege, ganz leicht, gerade so, dass sich Lippen und Narbe berühren, aber zum Glück ist das Bild nur in meinem Kopf. Im echten Leben sehen wir uns immer noch an, August und ich, mit diesem seltsamen, geraden Blick.

Und dann sagt er plötzlich: »Niels ist schon ganz weit

draußen«, deutet mit dem Kinn, und wumms, die Geräusche sind mit einem Mal wieder alle da. Das Rauschen des Wassers, ein Flugzeugbrummen und Niels' Stimme, die nach uns ruft. August schlägt die Augen nieder und taucht ab, und in dem Moment ist es mir egal, ob er dabei einen Seitenblick gewagt hat auf jenen Teil meines nackten Körpers, der unter Wasser ist. In dem Moment ärgere ich mich einfach nur, weil ich es hätte sein müssen, die den Blickkontakt unterbricht, die Geräusche zurückholt und Niels hinterherschwimmt.

Ich suche das Wasser ab, entdecke Niels, der irgendwo weit draußen strampelt, dort, wo der Fluss schon so hoch ist, dass man nicht mehr stehen kann. Er winkt mir zu, aber ich will jetzt einfach nur raus hier, die ganze Szene mit August ist mir plötzlich ziemlich unangenehm. Also mache ich kehrt und schwimme ans Ufer zurück. So bekommt mich August wenigstens nicht nackt zu Gesicht.

Ich trockne mich ab und steige in meine Kleider. Dann schreibe ich Niels eine Nachricht und warte kurz, bis es im Rucksack neben meinem piept. Er wird sie lesen, sobald er aus dem Wasser kommt: *mein schöner meerjungmann, ich bin dann mal weg, aber kaffee kriegt man bei mir die ganze nacht lang, auch kakao, wenn dir das lieber ist, oder ein glas milch inklusive bart. deine meerjungfrau.*

Ich weiß, Niels wird über die Nachricht schmunzeln, aber er wird das Besondere daran nicht erkennen. Er wird sein Handy nehmen und zurückschreiben: *komme später vorbei, kaffee klingt gut :-)*

Und August? Würde er es verstehen? Und schreiben: *meine schöne meerjungfrau, den milchbart nehme ich auf jeden fall, der wird mir bestimmt gut stehen! komme vorbei, sobald hier ebbe ist. bring meeresfrüchte mit! dein meerjungmann.* Wer weiß. Und was soll's.

Ich ziehe mein Fahrrad aus dem Sand und schiebe es die Böschung hoch. Dann steige ich auf und trete in die Pedale, weiß aber nicht recht, wohin ich fahren soll. Vielleicht zu Ronja. Oder nach Hause. Ich nehme irgendwelche Gassen, fahre Umwege, bin immer noch ziellos. Wohin mit mir?

Irgendwann lande ich vor dem Bahnübergang, die Schranke geht gerade hinunter, genau vor meiner Nase. Ich weiß, es kann einige Minuten dauern, bis die wieder hochgeht, also steige ich ab, schiebe mein Rad zum nächsten Baum und lasse mich im Schatten nieder. Sofort beginnt mein Kopf, Erinnerungen an den letzten Sommer auszugraben, als wir zu viert durch Europa getingelt sind. Ohne Plan. Aber egal, Hauptsache weg. Einfach mal den ersten Zug besteigen, dann weitersehen. Dann den nächsten Zug und dann wieder weitersehen. Vier Wochen lang haben wir in Zügen, Zelten und Jugendherbergen, an Stränden und auf Parkbänken gelebt, und am Ende hatte ich das Gefühl, es war die schönste Zeit meines Lebens.

Und irgendwo in einer einsamen spanischen Bucht ist es eben passiert. Dass Niels und ich uns zum ersten Mal geküsst haben. Und dann haben wir einfach nicht mehr aufgehört damit. Weil es gut war. Und weil es sich richtig angefühlt hat. Und weil Sommer war und Sonne und Strand und eben alles. Warum dann nicht auch küssen? Und weil niemand Einspruch gerufen hat, war dann irgendwie alles klar. Juli und Niels. Niels und Juli. So ist es geblieben. Auch nach unserer Rückkehr. Bis jetzt.

Und in diesem Sommer? Keine Reisepläne. Niemand fährt weg. Nicht dass wir das abgesprochen hätten. Nein, wir haben es mit keinem Wort erwähnt. Aber wir wissen eben alle, dass das unser letzter gemeinsamer Sommer ist. Die letzten paar Wochen zu viert, bevor sich die Lebenslinie verästelt und zu vier unabhängigen Wegen wird. Bevor wir alle in einen anderen Zug steigen und in verschiedene Richtungen davonfahren. So ist das also, denke ich. Das Erwachsenwerden.

Als ich nach Hause komme, sitzt Niels auf den Stufen vor unserem Wohnhaus. »Hey«, sagt er, »wo warst du denn solange?« Anstatt ihm zu antworten, frage ich: »Wolltest du nicht raufgehen? Oben ist es doch viel kühler und es hätte dich bestimmt jemand reingelassen.« »Na ja«, druckst Niels herum, und als ich fragend die Augenbrauen hochziehe, sagt er schließlich: »Ja, aber dann hätte ich vielleicht mit deinen Eltern quatschen müssen, und na ja, du weißt schon.« Ich muss lächeln. Ein warmes Lächeln der Verbundenheit. Stelle mich auf meine Zehenspitzen und küsse ihn. Ohne jede Flüchtigkeit. Bin ganz und gar bei ihm. Und das fühlt sich gut und echt und richtig an.

Ronja ruft an. »Da ist eine Party heute, unten auf der Schotterbank am Fluss, gehen wir?« »Hab ich auch schon gehört«, sage ich und: »Ja, warum nicht.«

Als wir ankommen, sind schon eine Menge Leute da. Haben Fackeln in die Erde gesteckt, sieht richtig gut aus. Ronja denkt wohl dasselbe. »Is' ja geil«, sagt sie und nimmt mich an der Hand. Wir stellen unsere mitgebrachten Flaschen zu den anderen Getränken, finden zwei Becher, gebraucht, aber egal, stoßen mit Rotwein an. Die meisten Leute kennen wir, reden mal hier ein paar Worte, mal da. Es riecht nach Bier und Mückenschutzspray. Einer spielt Gitarre, Samet, ich kenne ihn nur flüchtig. Er klimpert eine Melodie, die mir bekannt vorkommt. Irgendeiner spricht Ronja an, keine Ahnung, wer das ist, sie unterhalten sich, ich setze mich zu Samet. Da sitzen schon ein paar, eine klopft einen Rhythmus auf ihren Schenkeln, ein anderer singt, ganz schön gut, ein paar hören einfach zu. Ich auch.

Irgendwann lässt sich Ronja neben mich plumpsen, legt ihre Hand auf mein Knie, und ich sehe, dass sie ihre Fingernägel schwarz lackiert hat. »Hey«, sage ich und deute mit dem Kinn darauf, »seit wann denn das?« Ronja: »Seit heute.« Grinst. »Mal sehen, wie lange ich das aushalte, hab jetzt schon das Gefühl, dass meine Nägel da drunter keine Luft kriegen, das macht mich ganz kribbelig.« Ich muss lachen. »RonjaRonjaRonja«, sage ich und verschränke meine Finger mit den ihren. »JuliJuliJuli«, sagt sie und dann: »Hast du Niels Bescheid gesagt?« Ich nicke.

Als Samet Pause macht, kommen zwei mit Djemben an, trommeln sich kurz ein, dann richtig los. Der monotone Rhythmus zerteilt sämtliche Gedanken in immer kleinere Einzelstückchen, bis nichts mehr übrig ist im Kopf. Nur der Beat und ein leises Rauschen. Bevor wir ganz träge werden, stehen wir auf und machen es den anderen nach. Tanzen. Die Köpfe bewegen sich schnell, auf, ab, Arme und Beine fliegen, Hüften rotieren, die Musik rauscht durch uns durch. Stoff verrutscht, rutscht höher, rutscht tiefer, rutscht zur Seite, es dröhnt. Ich spüre Augen auf mir, öffne meine, sehe Niels. Er steht ein paar Meter weit weg und sieht mich dunkelweich an. Ich weiß, dass er mag, wie ich tanze. Sein begehrlicher Blick macht, dass etwas in meinem Unterleib kribbelt. Ich schließe also wieder die Augen und tanze noch eine Weile, lege mich ins Zeug, angespornt von seinem Blick.

Später waten Niels und ich Hand in Hand ins seichte Wasser, ein paar planschen hier schon nackt. Der Wind fährt unter mein dünnes Kleid, hebt es hoch, kitzelt meine Beine, macht mich ebenfalls übermütig, und ich überlege, ob ich das Kleid einfach ausziehen soll. Überlege zu lange, dann ist der passende Moment auch schon wieder vorbei, und Niels hält mir eine Flasche irgendwas entgegen. Ich nehme einen Schluck, kann den Geschmack nicht zuordnen, nehme noch einen Schluck, und als ich absetze, sehe ich August, und Ronja an seiner Hand. Stolpern heran, kichern, singen. August drückt mir einen Kuss auf die Lippen, legt dabei seine Hand in meinen Nacken. »Äh, Moment mal«, sagt Niels, lässt es scherzhaft klingen, meint es aber ein bisschen ernst, ich bin gerührt. Ronja, ziemlich weggedriftet, streckt die Arme nach oben, so hoch sie kann, Blick zum Mond, als würde sie die Nacht umarmen. Summt, dreht sich ganz langsam im Kreis, sieht jetzt aus wie ein echtes Woodstock-Mädchen in ihrem langen Kleid. Das sage ich ihr aber nicht, weil ich ihr sonst die Laune verderbe. August geht an sie heran, Hände nah an ihren Hüften, um sie rechtzeitig aufzufangen, falls sie auf den glitschigen Steinen ausrutscht. Tut sie nicht, August hat nichts zu fangen, er legt trotzdem seine Hände an ihre Hüften und klinkt sich ein in das psychedelische Tanz-Gesumme. Niels und ich sehen uns an, grinsen, verdrehen die Augen, aber irgendwie sind wir wohl beide ein bisschen neidisch, weil die sich so gehen lassen, einander so nah sind und wir außen vor. Niels nimmt meine Hand, zieht mich mit, ich werfe noch einen flüchtigen Blick zurück.

Wir lassen uns im Kies nieder. Samet ist weg, nur die Gitarre ist noch da. Niels nimmt sie, legt die richtigen Finger auf die richtigen Bünde, klimpert. Kann das gar nicht so übel. Nicht so gut wie Samet, aber es reicht. Zu zweit sitzen wir um ein paar Teelichter, das Flackern der Flammen malt Muster auf Niels' Hände und den Gitarrenkörper. Ich höre Ronja kreischen und dann lachen, zwinge mich aber, nicht hinüberzuschauen zu August und ihr, nicht wissen zu wollen, was die beiden machen. Niels spielt irgendein Lied, haut jetzt richtig in die Saiten, »Sing mit«, ruft er, dann macht es pling und eine Saite reißt. Niels hält inne und starrt überrascht die Gitarre an. »Shit«, sagt er schließlich. Wir sehen uns an, unschlüssig. Dann prusten wir gleichzeitig los. Niels stellt die Gitarre unauffällig weg, und wir tun, als hätten wir nichts gesehen, nichts gehört, nichts gemacht, kichern wie die Kinder über unser Missgeschick und verdrücken uns. Samet wird's verkraften, er hat sicher einen Satz Saiten in Reserve dabei.

Immer noch kichernd, lehnen wir uns an einen Baum und schauen hoch zu den Sternen. Ich spüre, wie mich diese Nacht mit Knistern auflädt, schiebe meine Hand unter Niels' T-Shirt, kitzle ihn am Bauch, aber da ist er relativ unempfindlich. Also schiebe ich meine Hand vorne in seinen Hosenbund, da ist er wesentlich empfindlicher und sofort beginnt sich was zu regen. Niels grinst. Ich will auf der Stelle nach Hause oder zumindest ein ungestörtes Plätzchen finden. Aber zu meiner Verwunderung sagt Niels: »Jetzt lass dir doch mal Zeit, wir sind ja gerade erst gekommen.« Stimmt nicht, will ich sagen, vor mindestens zwei Stunden. Ich ziehe meine Hand aus seiner Hose raus und fühle mich zurückgewiesen. Störe mich plötzlich an seinem dämlichen Grinsen, obwohl ich unseren Übermut noch vor fünf Sekunden genossen habe. »Ich gehe, kannst ja noch bleiben«, grummle ich in einem plötzlichen Anflug von Ärger und Trotz, und Niels kapiert natürlich nicht, was jetzt los ist mit mir. Denkt wahrscheinlich, hormonelle Schwankungen oder so einen Scheiß, hat ja keine Ahnung, von gar nichts. »Ich kapier's nicht«, sagt er, »du bist manchmal so was von komisch.« Er funkelt mich wütend an, ich genauso zurück. Wie kann es nur von einer Sekunde auf die andere so umschlagen, das Gefühl? Und wieso können wir fast nie zum selben Zeitpunkt dasselbe wollen?

Ich spüre, wie mir das Blut in den Kopf schießt, also drehe ich mich um und stolpere davon. Sehe mich nach Ronja und August um, kann die beiden aber nirgends finden. Ich gehe zu meinem Fahrrad, ziehe es hoch, stelle fest, dass das Rücklicht kaputt ist. Jemand geht an mir vorbei und sagt: »Hallo.« Als ich aufblicke, ist es Sarah, die gerade erst kommt und mir mit ihren strahlend roten Lippen zulächelt. In meinem Magen zieht sich etwas zusammen. Ich stehe zögernd neben meinem Fahrrad, weiß nicht, ob ich weinen, kotzen oder einen Rückzieher machen soll. Und weil mich die Entscheidung in diesem Moment völlig überfordert, mache ich wie automatisch das Erstbeste: aufs Fahrrad steigen und losfahren.

Die Tage kommen mir schön langsam wie eine einzige Wiederholung vor. Wir flüchten wieder ans Wasser, diesmal ist es das Schwimmbad und das hat keinen einzigen Schattenplatz für Ronja und mich übrig. Die Hitze perlt uns auf Armen und Beinen, es prickelt wie tausend Ameisen unter der Haut. Ronja liest in einer Zeitschrift, irgendein feministisches Magazin, typisch Ronja eben. Ich mache gar nichts, liege einfach nur da, bei solchen Temperaturen funktioniere ich ganz einfach nicht mehr. Irgendwann beginnt sie ungefragt, mir Rücken, Schultern und Beine mit Sonnencreme einzureiben, dann hält sie mir auffordernd die Tube hin. Ich verziehe widerwillig den Mund, rapple mich dann aber doch hoch und klatsche ihr die zähflüssige Milch auf den Rücken. Samet geht an uns vorbei, sagt: »Hi«, hebt die Hand und ist gleich wieder vorüber. »Hi«, sagen wir wie im Chor, ich kraftlos, Ronja begleitet von einem strahlenden Lächeln. »Wie findest du den Samet?«, fragt sie leise und guckt dabei ein bisschen verträumt. »Echt nett«, antworte ich, »und er spielt richtig gut Gitarre.« »Ja«, sagt Ronja, »aber am besten gefällt mir an ihm die kleine Lücke zwischen seinen Schneidezähnen.« »Tatsächlich«, sage ich und grinse. »Mhm«, sagt Ronja. »Warum überrascht mich das jetzt nicht?«, witzle ich, und ihr Blick bekommt plötzlich wieder Konturen und bemerkt mein belustigtes Grinsen. Die Zeitung landet klatschend auf meinem Bein. Ich lache. Ronja zieht einen gespielten Schmollmund. Es ist eben immer dasselbe. Ronja findet immer solche Dinge an anderen besonders toll, die man an sich selbst eher nicht leiden kann. Zahnlücken, Sprachfehler, X-Beine, abstehende Ohren und so weiter und so fort. Als wir uns mit zwölf kennenlernten, hatte ich eine Zahnspange, die ich jede Nacht tragen musste. Und als Ronja dann das erste Mal bei mir übernachtet hat, war sie hingerissen von dieser Zahnspange. Weil ich damit so wundervoll lispelte, wie sie fand. Und von da an wollte Ronja auch immer eine Spange. Hat aber nie eine gebraucht und auch nie eine gekriegt.

»Gehen wir ins Wasser?«, frage ich. »Nein«, sagt Ronja und kramt ihr Handy hervor und drückt die Aufnahmetaste. Ronja ist immer auf der Suche nach O-Tönen. Geräuschkulissen für ihre Trickfilme. Diesmal fängt sie einen typischen Badetag im Sommer ein, mit Wasserrauschen, Kindergeschrei, Musikgedudel vom Eisstand, Sprungbrettfedern, Elternrufen, Bademeisterpfeifen, Lautsprecherdurchsagen, Teeniegekreische und allem anderen, das mir jetzt gar nicht auffällt. Aber Ronja fällt das auf. Die hat ein ganz feines Gehör.

Nach einer Weile drückt sie auf *Stop* und steckt das Handy zufrieden in ihre Tasche. Wir legen uns zurück auf unsere Badetücher und schließen die Augen. »Ronja«, sage ich, »wenn du in London bist, willst du dann weiterhin keinen Freund? Ich meine ja nur, weil es in London doch noch viel mehr Männer gibt als hier und ... na ja.« Ich drehe den Kopf zu ihr und sehe sie an. »Mal sehen«, sagt sie und lächelt versonnen, ohne die Augen dabei zu öffnen. »Aha«, meine ich gut gelaunt, »dann besteht also Hoffnung.« Sofort rutscht ihr das Lächeln aus dem Gesicht. Sie öffnet die Augen und sieht mich an. »Hoffnung auf was?« Ihre Augen blitzen. »Entschuldige«, sage ich zerknirscht, »war nicht so gemeint.« Wahrscheinlich hat sie solche Kommentare unendlich satt. Sie dreht den Kopf wieder weg von mir und schließt die Augen. Ich merke, dass sie wütend ist, also halte ich einfach den Mund. Nach einer Weile sagt sie mit ruhiger Stimme: »Sag mal, Juli, entgeht mir denn echt so viel, wenn ich keinen Sex habe?«

Nein, will ich im ersten Moment sagen, im zweiten dann: Doch. Und im dritten Moment denke ich: Wenn mich eine Achtzigjährige so was fragen würde, wäre das nicht verwunderlich, aber eine Achtzehnjährige? »Hm«, sage ich schließlich, »ich weiß nicht, kommt darauf an, glaub ich.« Wir schweigen wieder. Dann sagt Ronja: »Hast du denn das Gefühl, dass du etwas Wichtiges verpassen würdest, wenn du nicht mit Niels schlafen würdest?« Kurz überlege ich. »Die Frage hab ich mir noch nie gestellt«, antworte ich dann wahrheitsgemäß. »Vielleicht«, sagt Ronja, »warte ich einfach, bis ich siebzig bin, es heißt ja, im Alter soll der Sex am besten sein.« Sie kichert. »Hm«, erwidere ich, »keine Ahnung, dazu kann ich nicht viel sagen, ich bin ja erst achtzehn.« Ronja lacht. Schlingt die Arme um meinen Hals und küsst mich auf die Wange. Soll heißen: Ist schon wieder gut. Dann schließt sie die Augen und lässt die Geräuschkulisse wieder auf sich wirken und ich mache es genauso. Schließe die Augen und denke nach. Aber irgendwie schmilzt mir das Hirn davon und ich kann keinen klaren Gedanken fassen.

»Ihr seid ja schon Karamell«, sagt plötzlich jemand hinter uns, und ich versuche, die Augen zu öffnen, aber es ist viel zu anstrengend. »Schläft Juli«, fragt die Stimme, und Ronja antwortet: »Sieht so aus.« Tu ich nicht, will ich sagen, aber meine Zunge lässt sich nicht bewegen. Ich bekomme gerade noch mit, dass die Person wieder abzieht, dann verschmelzen alle Geräusche um mich herum zu einem zähen Brei.

Ronja!, höre ich mich plötzlich rufen, was ist, wenn ich Niels gar nicht mehr liebe? Was dann, Ronja, was dann? Doch statt Ronja liegt jetzt eine weiße Katze neben mir, mit dichtem Fell und sehr langen Haaren. Sie sieht mich mit dem Blick eines alten, erleuchteten Weisen an. Ein Katzen-Guru, denke ich ehrfürchtig, der hat sich doch tatsächlich meiner erbarmt, um mir die alles entscheidende Frage zu beantworten.

Aber falsch gedacht, Juli. Klar, dass es nicht so einfach sein kann. Die großen Meister geben doch nie eindeutige Antworten. Sie erzählen stattdessen kleine Anekdoten oder sagen kurze Sprüche auf, in denen sich all die tiefen Wahrheiten und Einsichten des Lebens verstecken. Aber durchschauen muss man sie selbst. So auch die Katze. Sie sagt nicht: Kleine, du bist noch so jung! Wenn du Niels nicht liebst, dann trenn dich doch einfach von ihm! Sie sagt auch nicht: Ach, Kindchen! Liebe, das ist doch nur ein großes Wort! Wenn ihr zwei euch gut versteht, dann reicht das doch für ein langes, glückliches Leben zusammen! Nein, die philosophische Katze sagt: Für die, die zaudert, springt eine andere ein.

Ich denke eine Weile über diese Weisheit nach, die die Katze für mich in diesen einzigen treffenden Satz gegossen hat. Springt eine andere ein?, überlege ich. Etwa Ronja? Die Katze zuckt mit den Schultern. Niels und Ronja?, rufe ich ungläubig. Wären dir August und Ronja lieber?, gibt sie zurück und setzt eine Unschuldsmiene auf, obwohl sie mit Sicherheit weiß, in welches Dilemma sie mich mit dieser Frage bringt. Du bist gar keine erleuchtete Guru-Katze, werfe ich ihr an den Kopf, die echten Weisen sind nie schadenfroh! Sie grinst mich spöttisch an, dann legt sie eine Pfote auf meine Schulter und haucht mir mit heißem Atem ins Gesicht: Wach auf, Juli! Tu was. So kann es doch nicht weitergehen, entscheide dich endlich. Wach auf, Juli! Und dann verpufft sie als kleine, blaue Wolke, wie eine Fata Morgana.

Als ich die Augen öffne, sehe ich direkt in Ronjas Gesicht, das ganz nah an meinem ist. Kurz zucke ich zusammen, aber Ronja grinst und meint: »Na endlich, du schläfst ja wie ein Stein. Hab schon gedacht, du bist in Ohnmacht gefallen, ich wollte schon den Notarzt rufen, Kreislaufkollaps oder so, kann man ja nicht wissen bei der Hitze.« Sie schüttelt belustigt den Kopf. Ich richte mich auf und versuche, meinen Blick scharf zu stellen. »August war da«, sagt Ronja, »hast du das überhaupt mitgekriegt?« »Nö«, antworte ich und denke: August also. Aha, August.

Und weiß eigentlich selber nicht genau, was ich damit meine.

Eines aus der Zeitung, zwei aus dem Internet. Drei Inserate, drei Wohnungen. Das ist machbar an einem Nachmittag. Den Stadtplan habe ich dabei, ebenso alle Adressen und die Telefonnummern der Vermieter. Nur Niels fehlt. Hat heute Morgen plötzlich gekniffen. Der Wecker hat um sieben geklingelt, und Niels hat sich im Bett umgedreht und gebrummt: »Macht's dir was aus, wenn du alleine fährst?« Ich: »Wie meinst'n das jetzt? Klar macht mir das was aus!« Aber er hat einfach gar nichts mehr gesagt. Zuerst war ich einfach baff. Dann wütend. Vor lauter Wut habe ich meine Bücher von seinem Fensterbrett genommen, sie in meine Tasche gepackt und bin wortlos raus aus seinem Zimmer. Ich ziehe aus, hat das geheißen. Jetzt auf der Stelle. Niels hat das natürlich kapiert und mir schon fünf Minuten später die erste Nachricht geschickt. Seither im Zwanzigminutentakt. *Sorry* und *Ich liebe dich* und blablabla.

Ich lehne an einem kleinen Mauervorsprung vor der Tür eines großen Wohnhauses. Das erste auf meiner Liste. Vierunddreißig Klingelknöpfe, zähle ich. Die Wohnung ist im zweiten Stock. Altbau, hofseitig, ein Zimmer, extra Küche, WC und Dusche, Parkettböden, Gasetagenheizung, befristet auf drei Jahre. Klingt doch gut. Und der Preis ist auch okay. Aber wo bleibt die Vermieterin?

Es ist heiß und weit und breit kein Schatten, in den ich mich flüchten könnte. Sitzen wäre gut. Ich lasse mich auf den Stufen vor der Haustür nieder und sehe mir die Vorbeikommenden an. Versuche, die bruchstückhaften Gespräche, die an mir vorüberwehen, einzufangen und mir vorzustellen, wer die Leute sind, die da gehen. Was sie arbeiten, wo sie wohnen, wie alt sie sind. Das lenkt vom Warten ab, zumindest ein bisschen. Kurz wünsche ich mir, ich hätte den Vorschlag meines Vaters, mich zu begleiten, angenommen. »Ich schaff das allein«, habe ich zu ihm gesagt, »und Niels kommt ja auch mit.« Nur dass Niels jetzt eben doch nicht mit ist. Und die Vermieterin immer noch nicht da.

Ein paar Häuser weiter ist eine Bäckerei. Ich raffe mich auf, gehe hin, zögere kurz. Und wenn ausgerechnet jetzt die Vermieterin kommt und ich bin nicht da? Gehe dann aber doch hinein und bestelle Kaffee. Mit dem Pappbecher in der Hand schlendere ich wieder zurück zu meinen Stufen. Im Zweiminutentakt hole ich mein Telefon aus der Tasche und kontrolliere die Uhrzeit.

Dreißig Minuten nach der vereinbarten Zeit rufe ich die Vermieterin an. Sie geht ans Telefon, ich frage, ob sie sich verspätet, und sie sagt: »Ach so, die Wohnung. Die ist schon weg.« »Wie weg?«, frage ich, aber sie sagt: »Tut mir leid«, und legt auf. Ich bin zum zweiten Mal an diesem Tag einfach nur baff. Habe ich irgendwas verpasst? Hätte ich irgendein Handbuch lesen müssen, Wohnungssuche für Dummies, oder so? Oder läuft das eben so?

Ich sitze auf den Stufen, trinke meinen lauwarmen Kaffee, sehe die Menschen, die an mir vorübergehen, und sehe sie doch nicht. Fühle mich plötzlich sehr verlassen und sehr naiv. Als der Becher leer ist, sitze ich immer noch da. Irgendwann läutet mein Telefon, ich nehme es aus der Tasche, drücke Niels weg, stehe auf und gehe zur Straßenbahn.

Wohnung Nummer zwei liegt in einer noblen Gegend, was auch immer das heißen mag. Ich kenne mich mit den Gegenden dieser Stadt nicht aus, aber August hat zwei ältere Brüder, die beide hier leben, und deshalb hat er ein bisschen Ahnung. Versnobter Bezirk, hat August gesagt und sich über den günstigen Mietpreis gewundert.

Es gibt hier eine Menge Grün, das fällt sofort auf. Als ich vor dem richtigen Haus ankomme, steht da schon ein Grüppchen Menschen, und in einem geistesgegenwärtigen Moment verstehe ich, dass wir alle hier sind, um dieselbe Wohnung zu besichtigen. Auch das hatte ich nicht erwartet, Sammelbesichtigungen. Ich hatte mir eingebildet, ich hätte Exklusivrecht. Das Gefühl von Naivität kehrt sofort zurück, aber es hat keine Zeit, sich auszubreiten, denn schon kommt der Vermieter angetrabt, ein Typ mit klackernden Schuhabsätzen, schwarzem Sakko und protziger Armbanduhr. Er ist mir vom ersten Moment an unsympathisch.

Ganz anders seine Wohnung: Die ist charmant verwinkelt, hat Stuckdecken, Flügeltüren und überraschenderweise sogar einen kleinen Balkon, auf den ein kleiner Bistrotisch und ein Stuhl passen würden. Ich sehe mich schon am Balkongeländer lehnen, in der einen Hand eine Zigarette, in der anderen die Zeitung, ein Handtuchturban um die feuchten, frisch gewaschenen Haare gewickelt, ganz französisch, très chic, très lässig, très studentisch. Ich finde die Wohnung toll und will sie haben – genauso wie vermutlich der Rest der Wohnungssuchenden auch.

Zwei junge Männer, Afrikaner, haben sich gleich zu Beginn an den Vermieter gewandt und erklärt, dass sie die Wohnung gerne hätten und sofort zusagen könnten. »Na, das kann ich mir vorstellen«, hat der Typ verächtlich gegrunzt. Jetzt ruft er uns alle zu sich, sagt ein paar Worte zur Wohnung und will dann von uns allen wissen, wer wir sind, was wir machen und so weiter. Eine Frau mit Kopftuch ist mit ihrem vielleicht sechsjährigen Sohn da, sie bittet darum, die Infos auf Englisch zu bekommen, der Vermieter sagt auf Deutsch: »Wenn Sie nicht Deutsch sprechen, wie konnten Sie dann das Inserat lesen?« Zu einer anderen Mutter, die ihr Baby im Tragetuch hat, sagt er: »Für Sie ist die Wohnung nicht geeignet, es gibt keinen Lift.« Die Frau will etwas erwidern, aber der Vermieter fragt schon ein Dreiergrüppchen junger Männer, was sie studieren. »Musik«, sagen alle drei. »Welche Instrumente?«, will er wissen. »Klavier«, »Gesang« und »Gitarre« sagen sie. »Das wird laut«, sagt er. Dann bin ich dran und erkläre, dass ich Architektur studieren will. (Keine Ahnung, wie ich darauf komme.) Die beiden Afrikaner fragt er gar nicht. Man könnte ihm vor die Füße kotzen. Er sammelt unsere Telefonnummern ein und erklärt, dass er sich bei uns melden wird. Damit ist die Besichtigung beendet.

Nacheinander verlassen wir die Traumwohnung und tröpfeln langsam die Stufen der vier Stockwerke hinunter. Eine eigenartige Gemeinschaft. Jeder will die Wohnung, insofern könnten wir uns als Konkurrenten verstehen, gleichzeitig scheint uns die Abscheu diesem Kerl gegenüber zu verbinden.

Trotzdem reden wir nicht miteinander, und als wir aus dem Haus treten, gehen alle grußlos in unterschiedliche Richtungen davon. Mir ist schlecht. Ich hatte nicht damit gerechnet, dass es noch schlimmer werden könnte.

Ich entdecke eine Bank, setze mich hin, ziehe die Beine an und lege meine Stirn auf die Knie. Zehn Mal tief durchatmen, so wird es gehen. Den Tipp hat mir mal meine Tante gegeben. »Zehn Mal tief durchatmen«, hat sie gesagt, »das hilft in jeder Lebenslage.« Mein Telefon klingelt, bevor ich mit den zehn Mal durch bin. Niels, denke ich und bin nach all den Erfahrungen der letzten Stunden so geknickt, dass ich meinen Groll gegen ihn ganz vergessen habe. Aber es ist August. »Niels hat gesagt, dass du nicht ans Telefon gehst«, erklärt er. Es nervt mich, dass August sich einmischt, deshalb grummle ich nur »Hhmm«. »Ich bin übrigens auch in der Stadt«, sagt er nach einer längeren Pause, »wollen wir uns treffen?« »Was«, rufe ich aufgebracht, »du bist hier? Seit wann? Und wieso erzählst du mir das jetzt erst?« »Reg dich nicht so auf«, lacht er und macht mich damit noch ärgerlicher. »Ich bin bei einem Freund, kommst du vorbei?« Dann sagt er mir die Adresse durch, die ich mir nicht merke und auch nicht notiere. »Mal sehen«, sage ich kühl, »hab noch eine Wohnungsbesichtigung.« »Okay«, sagt August gut gelaunt, »und danach kommst du.« Ich hasse ihn und lege auf.

Zehn Sekunden später klingelt das Telefon wieder, die Nummer ist nicht in meinem Verzeichnis gespeichert, keine Ahnung, wer das ist. Ich gehe dran und es ist der Vermieter. Er teilt mir mit, dass seine Wahl auf mich gefallen ist und ich die Wohnung mieten kann. Ich fühle mich überrumpelt, hatte frühestens am nächsten Tag mit einer Entscheidung gerechnet und hadere mit meinem moralischen Gewissen, weil ich weiß, dass es blöd wäre, die Wohnung eines Rassisten zu mieten. Ich stammle irgendwas von wegen, ich müsste es mir noch überlegen und würde mich noch einmal melden, aber da sagt er schon: »Alles klar, wenn Sie sich nicht sicher sind, kriegt die Wohnung jemand anderer.« Dann legt er auf. Ich hasse die ganze Welt.

Irgendwann zwinge ich mich dazu, meine Gedanken zu ordnen, und mache im Kopf eine Liste. Der größte Arsch ist auf jeden Fall der Vermieter. An zweiter Stelle kommen Niels und August, ex aequo. Aber dann ist die Liste eigentlich schon wieder zu Ende. Ich überlege, Ronja anzurufen, fühle mich dann aber zu erschlagen, um ihr alles zu erzählen. Ich versuche es noch einmal mit den zehn Atemzügen und bilde mir ein, dass die Methode wirkt.

Eigentlich habe ich überhaupt keine Lust, mir noch eine Unterkunft anzusehen. Ich finde, für heute reicht es. Außerdem ist der nächste Termin erst in drei Stunden, und ich weiß nicht, was ich in der Zwischenzeit machen soll. Ich krame den Zettel, auf dem ich alles über die dritte Wohnung notiert habe, heraus. Den Besichtigungstermin habe ich per E-Mail vereinbart, aber eine Telefonnummer steht auch dabei. Und ein Name: Esra. Ich rufe an und sage, dass mir leider etwas dazwischengekommen ist und ich früher als geplant nach Hause fahren muss. Esra sagt: »Falls du noch kurz Zeit hast und jetzt gleich vorbeischauen willst, ist das auch kein Problem. Zufällig bin ich doch schon zu Hause.« Ich zögere eine Sekunde, sage dann: »Echt, das würde gehen? Toll, vielen Dank«, und kneife mir gleichzeitig in den Schenkel, weil ich mich ärgere, dass ich mich nicht getraut habe, die Lüge durchzuziehen und wie geplant nach Hause zu fahren.

Eine halbe Stunde später stehe ich in Esras Wohnung. Esras Wohnung ist nett. Esra ist nett. Esra ist mehr als nett, sie ist supernett. Es riecht nach Kaffee, den sie in einer kleinen, silbernen Espressokanne kocht. »Ich hab nur die Ein-Tassen-Größe«, sagt sie und macht zuerst Kaffee für mich, danach erst für sich. Nach fünf Minuten in Esras Wohnung wünsche ich mir, dass sie mich als Nachmieterin auswählt, nach fünfzehn Minuten, dass sie meine allerbeste Freundin in dieser Stadt wird.

Sie zeigt mir die Wohnung, was schnell erledigt ist. »Schlafzimmer, Wohnzimmer, Arbeitszimmer, Bad und Küche«, sagt Esra und grinst, weil eigentlich alles nur ein einziger Raum ist. Küchenzeile, Duschkabine und Waschbecken sind durch ein großes Bücherregal von Bett, Couch und Tisch getrennt. Die Wohnung ist im obersten Stockwerk, das Küchenfenster klein, das Schlafzimmerfenster groß, der Himmel nah, ich mag dieses Gefühl. »Das Klo ist auf dem Gang«, sagt Esra, »aber das ist nicht schlimm, glaub mir. Wusstest du, dass es eine Zeit gab, so Anfang des 20. Jahrhunderts, da wurden erstmals Wohnungen mit Klos drinnen gebaut und die Leute wollten das gar nicht? Die fanden die Klos auf den Gängen viel cooler.« Ich muss lachen und finde das Gangklo plötzlich auch sehr cool.

Esra ist acht Jahre älter als ich und trotzdem fühlt es sich sofort vertraut an zwischen uns. Sie zieht zu ihrem Freund und hat sich bereit erklärt, eine Nachmieterin für die Wohnung zu suchen. Ich muss gar nicht weiter überlegen, ich weiß, dass ich die Wohnung will. »Okay«, sagt Esra, »die Besitzerin ist eine ältere Dame, die auch hier im Haus wohnt, wir können nachher zu ihr runtergehen und du kannst alles unterschreiben«. Ich nicke und bin glücklich. »Die Küche bleibt ohnehin hier, und die Couch lass ich dir auch da, wenn du willst«, bietet Esra an. Ich will. Lege meine Hände um den Kaffeebecher und alle schlechte Stimmung ist wie weggeblasen. Ich glaube, ich bin wieder versöhnt mit dieser Stadt und ihren Bewohnern.

Ich frage Esra nach der Uni, nach Lokalen, Cafés, Parks und sonstigen netten Plätzen. Sie nimmt ein Blatt Papier und beginnt, alles, was ihr einfällt, aufzuschreiben. Während sie überlegt, malt sie ständig kleine Kringel und Muster auf das Papier, und am Ende sieht das Ganze aus wie ein Kunstwerk. Ich weiß jetzt schon, dass ich diese Liste irgendwo aufhängen werde, wo ich sie möglichst oft sehen und bewundern kann.

Dann klingelt es an der Tür, und Esra sagt: »Ach ja, das ist Karim.« Und so lerne ich auch ihren Bruder kennen, trinke noch einmal Kaffee, und nach zwei Stunden habe ich das Gefühl, so etwas wie eine neue Familie gefunden zu haben.

Ich schreibe Niels eine Nachricht, dass ich ab 1. August Mieterin einer Wohnung bin. Und als er zehn Sekunden später anruft, nehme ich sogar ab und sonne mich ein bisschen in seinen Entschuldigungen und Liebesbeteuerungen. Und weil ich gerade in Hochstimmung bin, rufe ich sogar August an und sage, dass ich vorbeikomme.

Zwanzig Minuten später stehe ich in der Vogelsanggasse vor dem Haus, dessen Nummer mir August durchgegeben hat. Das Tor ist unversperrt, ich schlüpfe ins kühle Hausinnere. Rauf in den ersten Stock, suche Tür 4, finde sie, sie ist nur angelehnt. Ich klopfe kurz und trete ein. Alles ruhig. Ich rufe »Hallo«, aber niemand kommt mir entgegen und von nirgendwo Musik oder Stimmen. Also streife ich meine Sandalen ab, gehe ein paar Schritte weiter und werfe einen Blick ins nächstgelegene Zimmer, dessen Tür einladend offen steht. Arbeitsraum. Schreibtisch, Sessel, mehrere Stapel Bücher auf dem Boden, eine halb vertrocknete Zimmerpalme, große Bilder an den Wänden – auf einem ein Mann mit Saxofon, auf einem anderen ein Frauenakt und auf den anderen irgendwas Abstraktes. Als ich das Gewicht verlagere, knarrt der Boden unter meinen Füßen, und ich erschrecke und fühle mich ertappt. Schnell mache ich ein paar Schritte zurück, bin wieder im Vorraum und rufe noch einmal »Hallo«.

Hinter der nächsten Tür finde ich eine kleine, unordentliche Küche, hinter einer anderen das Schlafzimmer mit zerwühltem Bett. Dann das Wohnzimmer und einen schlafenden August auf der Couch. Ich gehe hin, fasse ihn an der Schulter und rüttle ihn ein wenig. Er grummelt vor sich hin, dann macht er die Augen auf und sagt: »Ach, Juli, da bist du ja.« Setzt sich auf, deutet auf die Rotweinflasche auf dem Couchtisch und fragt: »Willst du?« Ich finde die ganze Situation einigermaßen seltsam, nicke aber zum Wein, weil ich immer noch in einer besonderen Stimmung bin und auf meine Wohnung anstoßen will. Er gießt uns ein, zwei gebrauchte Gläser stehen auf dem Tisch, und ich habe keine Ahnung, in wessen

Wohnung ich da eigentlich bin und aus wessen Glas ich da gerade trinke.

»Wo ist dein Freund?«, frage ich, und August sagt: »Der musste weg, er kommt erst morgen.« Ich ziehe fragend die Augenbrauen hoch. »Ich hab seine Schlüssel«, erklärt August, aber ich finde, das ist nicht wirklich eine Erklärung. »Und wer ist das überhaupt«, hake ich nach, »woher kennst du den?« »Ein Bekannter meines Bruders«, sagt er, »ich war in letzter Zeit öfter hier.« »Ah«, sage ich und kapiere, dass das wohl der Grund ist für sein regelmäßiges Verschwinden in den letzten Wochen.

August steht auf und geht zur Musikanlage, ich sehe mich um. Auch hier jede Menge Bilder an den weißen Wänden, auf dem Boden eine ganze Reihe Holzkisten gefüllt mit Schallplatten, in der Ecke ein großes Streichinstrument. »Ist das ein Cello?«, frage ich, und August sagt: »Nein, ein Kontrabass. Rabe ist Musiker.« »Rabe?«, frage ich, und August sagt: »Ja, Rabe, so heißt er.« Vogelsanggasse, fällt mir ein – wie passend.

Die Nadel setzt auf die Schallplatte auf und sofort ertönt ein leises Knistern. Dann eine Flöte, oder so. Die Boxen sind riesig, und jeder Ton klingt, als würde ein ganzes Orchester direkt neben mir auf dem Sofa sitzen. »Was ist das?«, frage ich. »Edvard Grieg, Peer Gynt«, sagt August so selbstverständlich, als wäre klassische Musik schon seit jeher seine Leidenschaft. Ich muss lachen. »Du spinnst ja, seit wann hörst du so was?« »Wart's ab, das ist richtig geil«, sagt er. »Ich hab eine Wohnung«, sage ich. Er: »Gratuliere!« Dann prosten wir und trinken. Ich lasse mich in die weiche Couch sinken und höre einfach zu, diesem Peer Gynt, wer auch immer das ist. Die

Fenster stehen weit offen, die ganze Vogelsanggasse kann vermutlich mithören. Es wird ein lauer Abend, denke ich, und dass ich mich auf all die lauen Abende freue, die ich hier in dieser Stadt verbringen werde. Ich sehe mir das Zimmer, in dem wir sitzen, noch einmal genauer an – hohe Decken, große Fenster, keine Vorhänge, wenige Möbel, charmante Unordnung – und stelle mir mich selbst in meiner neuen Wohnung vor, wie ich sitze und rauche, geöffnetes Fenster, aber höher oben, dem Himmel näher als hier.

August ist auch abgetaucht, wir sitzen und schauen und das reicht auch, mit August ist das leicht. Hin und wieder ist da dieses leise Knarzen der Ledercouch, immer wenn einer von uns beiden nach dem Glas greift. So sitzen wir eine Weile, eine ganze Weile, keine Ahnung, wie lange, während draußen die Schatten länger werden.

Irgendwann macht sich August daran, einen Joint zu drehen, das Gras nimmt er aus einer Plastiktüte, die auf dem Couchtisch herumliegt. »Was ist das eigentlich für einer, dieser Rabe«, frage ich, »kann da einfach jeder daherkommen und sich an seinen Sachen bedienen? Rotwein, Gras, Plattensammlung, hängt ruhig in meiner Wohnung ab, nehmt nur, fühlt euch wie zu Hause?« Ich merke, dass mein Tonfall angriffslustig klingt, und bin selber verwundert darüber. August sieht mich überrascht an, er hat es auch bemerkt. Dann grinst er schief und sagt: »Rabe ist eben cool.« Nachdrücklich. Und nach einer Pause: »Und ich bin auch nicht irgendwer, den er kaum kennt.« Noch mehr Nachdruck. Etwas in mir beginnt zu rumoren. »Ich war viel hier in letzter Zeit«, sagt er, schaut nicht auf dabei, lässt den Satz wirken, rollt mit geübten Handbewegungen das mit Tabak und Gras gefüllte Papier zwischen seinen Fingern, leckt kurz mit der Zungenspitze über den Rand des Papers und verschließt es. Dann sieht er auf und mir direkt in die Augen. Es rumort jetzt wild, und ich sollte eigentlich verstehen, was hier los ist. Will es aber nicht. Nicht jetzt. Ich sehe weg. »Rabe ist gestern achtundzwanzig geworden, wir haben ein bisschen gefeiert, deshalb der teure Wein und das Gras«, fährt August fort. Okay, denke ich, okay, okay. Er will also, dass ich es weiß. Aber dann will ich es wenigstens klipp und klar hören und mich nicht nur mit einer Andeutung zufriedengeben. »Jetzt sag schon endlich, was mit diesem Rabe ist«, dränge ich daher, und ohne es beabsichtigt zu haben, klingt meine Stimme wieder eine Spur zu scharf. August steckt den Joint zwischen die Lippen, reibt ein Streichholz an, die Papierspitze brennt ab, er zieht, es knistert, mein Telefon klingelt. Ich rühre mich nicht. Es klingelt, klingelt, dann ist es still. Ich merke jetzt erst, dass die Musik ebenfalls aus ist, wohl schon seit einer Weile, ist mir gar nicht aufgefallen. »Na, du weißt schon«, sagt August, »wir sind ... zusammen.« »Du und Rabe?«, frage ich, und die Frage kommt zu hastig und eine Spur zu laut. Das Blut schießt mir durch die Adern. »Ja«, sagt August und leckt sich wieder dieses schiefe Grinsen auf die Lippen. Ich will ihn ansehen, seinem Blick standhalten, aber ich schaffe es nicht. Sehe stattdessen zu meinem Glas, das ist leer, ich nehme es trotzdem in die Hand. Kurz mal Pausenknopf, ich muss nachdenken: Hat August je zuvor behauptet, mit jemandem zusammen zu sein? Kann mich nicht daran erinnern. Dass er zuweilen in fremden Betten übernachtet hat, die ich zugegebenermaßen immer für Mädchenbetten gehalten habe, war mir immer klar, obwohl ich es nie so genau mitgekriegt habe. Wie ich so vieles nicht mitgekriegt habe in Augusts Leben. Weil ein Teil von ihm immer schon ungreifbar war und August keiner ist, der am nächsten Tag mit nächtlichen Abenteuern prahlt. Aber zusammen, nein, zusammen war er noch nie mit jemandem. Wieder auf Play. Ich halte immer noch das leere Glas in der Hand, lasse es wieder sinken, bin eindeutig neben der Spur. Mein Telefon klingelt erneut, ich krame in meiner Tasche, finde es, stehe auf und gehe in den Flur.

Meine Mutter will wissen, wie die Wohnungsbesichtigungen waren. Ich erzähle kurz und knapp, kann mich kaum auf meine Worte konzentrieren und meine Zunge ist schwer. Sie freut sich ehrlich für mich, und ich fühle mich ein bisschen schlecht, weil ich sie so schnell abwimmle. Sage noch, dass ich den nächsten Zug nehme, aber direkt zu Niels fahre und erst morgen heimkomme, und hoffe, dass meine Mutter nicht merkt, dass ich völlig durch den Wind bin.

Dann gehe ich aufs Klo, weil mir nichts Besseres einfällt. Sitze, lege meinen Kopf auf die Knie und versuche, einen klaren Gedanken zu fassen. Will verstehen, was ich da gerade gehört habe. Will verstehen, warum ich es lieber nicht hätte hören wollen. Kurz fällt mir das Kribbeln ein, das sich in mir breitgemacht hat, als ich August auf der Couch liegen gesehen habe, schlafend, das T-Shirt hochgerutscht, sodass sein Nabel hervorgelugt hat. Da war dieses Bauchkribbeln, denke ich und bin kurz davor, den Zusammenhang zu verstehen. Aber dann lasse ich das Denken lieber sein, weil sich in meinem Kopf alles dreht.

Irgendwann höre ich Augusts Schritte im Flur, dann Geräusche aus dem Nebenraum, Küchenschranköffnen und -schließen, ein dumpfes Kühlschranktürzuschlagen, Wasserhahn an, Wasserrauschen, Wasserhahn aus. Ein paar Sekunden später ein leises Klopfen an der Klotür. Keine Ahnung, wie lange ich da drin war. Muss schon eine ganze Weile sein, wenn August auf die Idee kommt, anzuklopfen. Ich rapple mich hoch, schließe auf, öffne die Tür. August steht da, wir sehen uns an, weich, vertraut. Und dann umarmen wir uns. Ganz fest, ganz lange, es passiert einfach, und ich höre endlich auf, mich zu fragen, was das alles eigentlich soll. Irgendwie versteht August wohl besser als ich, wie ich mich gerade fühle, und ich bin froh, dass wenigstens einer den Durchblick hat.

Er nimmt mich an der Hand, führt mich in die Küche, rückt einen Stuhl zurecht und drückt mich sanft darauf. Stellt mir ein Glas Milch hin. Ich komme mir vor wie ein kleines Mädchen. August setzt sich mir gegenüber, auch mit einem Glas Milch. »Ganz schön krass, diese Zeit gerade«, sagt er, und ich bin dankbar dafür. Dafür, dass wir *beide* verwirrt sind und nicht verstehen, wie das Leben funktionieren soll, und nicht wissen, was da noch alles auf uns zukommen wird. Und froh darüber, dass er nach einer Weile von selbst zu erzählen beginnt und ich nicht noch einmal nachfragen muss. »Das mit Rabe geht seit einigen Wochen«, sagt er. Ich nicke, Blick in die Milch. Er zögert, schweigt. Schließlich: »Ach, Juli, keine Ahnung, wie ich das beschreiben soll, es ist so anders als sonst. Wie ein ganz neues Leben. Ein echteres. Eines, das den ganzen Kinderkram hinter sich gelassen hat.« Ich bemerke, dass meine Hände zittern. »Wir sind also Kinderkram für dich«, unterbreche ich ihn. Er schaut mich an, ich kann seinen Blick nicht einordnen, »Nein«, sagt er dann ruhig. Und nach einer Weile noch einmal: »Nein.« Er legt den Kopf in die Hände, schließt die Augen, reibt sich das Gesicht. Weiß offenbar nicht recht, wie er es erklären soll. Ich glaube, ich verstehe es auch so. Er redet trotzdem weiter: »Ich kann kommen und gehen, wann ich will. Ich kann morgens aufstehen und mich nackt an den Herd stellen und Kaffee kochen. Hier gibt es kein Elternschlafzimmer nebenan, niemanden, vor dem man die Geräusche verstecken muss. Mit Rabe ist alles so selbstverständlich. So erwachsen eben.« »Schon klar, ich verstehe«, sage ich und merke, dass es immer noch trotzig klingt. August sieht mich ein wenig ratlos an. Kapiert vermutlich nicht, warum ich mich nicht einfach für ihn freuen kann. Tu ich ja auch, irgendwie. Und es bedeutet mir viel, dass er mir vertraut und alles so offen erzählt. Aber da ist eben noch etwas anderes, das die Freude trübt. Ich muss wieder an den Blick denken, mit dem wir uns angesehen haben, neulich im Fluss. Und an das Knistern. Und ich frage mich auf einmal, ob ich mir das alles immer nur eingebildet habe. Und August nie etwas Ähnliches gespürt hat. Ob es sie eigentlich gar nie gegeben hat, all diese Momente der heimlichen Anziehung, all die Seitenblicke, die man plötzlich auf sich spürt und im selben Moment schon weiß, wer es ist, der da schaut. Und dann sieht man hin, sieht einander an, drei Sekunden vielleicht, aber in diesen drei Sekunden liegt ein ganzes Leben, ein anderes Leben, das man auch führen könnte. Das wir führen könnten, August und ich, wäre ich nicht mit Niels zusammen.

»Bist du verliebt in Rabe?«, frage ich, und August scheint

zu überlegen. »Ja«, sagt er dann. Ich nicke, irgendwie apathisch, glaube ich. »Willst du noch Milch?«, fragt August, und ich nicke wieder, oder vielleicht immer noch.

Wir gehen zurück ins Wohnzimmer, August legt eine andere Platte auf, setzt sich aufs Fensterbrett, lässt die Beine nach draußen hängen, sagt: »Kommst du?«, und ich komme. Setze mich neben ihn, Beine nach draußen, es dämmert. August dreht Zigaretten, wir rauchen, hinter uns Jazz, der an unseren Ohren vorbei nach draußen weht. Nur ein kleines Stück unter unseren Füßen schweben die Köpfe der Passanten vorbei, manche folgen dem Klang der Musik und werfen einen kurzen Blick zu uns herauf.

Mir ist nach Weinen zumute, aber anstatt es zu tun, lächle ich. Ein komisches, verzogenes Lächeln, das die Tränen zurückhalten soll. August sieht es, fragt nicht, lächelt aber zurück. Wissend, irgendwie. Und ich könnte an dieser Stelle sagen: August, hab ich mir das alles nur eingebildet, dass da etwas ist zwischen uns, keine Ahnung, was, aber etwas, das sich anders anfühlt als Freundschaft? Ich könnte auch fragen: August, hast du eigentlich auch früher schon was mit Jungs gehabt, oder ist Rabe der Erste? Und wie ist das, mit einem Mann zusammen zu sein? Und stehst du jetzt auf Männer *und* Frauen? Ich könnte all die großen, wichtigen Fragen stellen, die mir im Kopf herumgehen, aber stattdessen sage ich: »In der Fünften hab ich mal ein Referat über Raben gehalten.« August lacht. »Ja, echt«, fahre ich fort, »das sind wirklich soziale Tiere. Leben in Paaren, so richtig monogam und so. Und die Jüngeren, die noch keinen festen Partner haben, bilden kleinere Grüppchen. Freundschaftsgrüppchen, sozusagen. Die halten echt zusammen.« Ich grinse August an und er mich. Aber schon im nächsten Moment trocknen uns fast gleichzeitig die Mundwinkel ein, weil uns klar wird, dass das, was ich da gerade gesagt habe, nicht irgendein belangloser Biologiestunden-Scheiß ist. Sondern dass es auch etwas mit uns zu tun hat. Mit August und mir. Mit August und Ronja und Niels und mir. Schnell schauen wir voneinander weg. Sitzen weiter auf dem Fensterbrett, aber stiller als vorher. Hängen beide unseren Gedanken nach und der Stimmung, die sich breitgemacht hat. Sitzen da wie zwei Raben auf einer Stromleitung. Und ich denke, dass ich Rabe eigentlich gerne kennenlernen würde. Dass ich ihn vielleicht sogar mögen könnte, obwohl ich ihn natürlich lieber blöd finden würde. Dass ich zumindest seine Wohnung jetzt schon mag. Unter uns fällt das Haustor ins Schloss. Über uns sitzen andere Vögel auf Dachrinnen und Mauervorsprüngen. Und ganz weit oben schimmert der Himmel ein bisschen rosarot.

»Bleibst du über Nacht?«, fragt August später, da ist es schon richtig dunkel und das Licht der Straßenlaternen an. Ich nicke, als wäre das von vornherein klar gewesen, spüre wieder das Kribbeln im Bauch, mit August alleine, die ganze Nacht. Aber das Kribbeln ist fehl am Platz und tut diesmal ziemlich weh. Ich klettere runter vom Fensterbrett, zurück in die Wohnung, suche mein Telefon und schreibe Niels. Dass ich schon im Zug sitze, aber nicht mehr bei ihm vorbeikomme, weil ich müde bin und heim will, und mich morgen melde. Und dass mein Akku fast leer ist. Dann schalte ich mein Telefon ab. Und weiter denke ich nicht. Und weiter weiß ich nicht.

Niels spielt Tennis. Ich hasse Tennis. Tennis ist so ziemlich das Schlimmste, was ich mir vorstellen kann. Ich radle trotzdem zum Tennisplatz, und das sogar freiwillig, weil ich Niels sehen muss. Also will. Dringend will. Wir haben uns drei Tage lang nicht gesehen, und heute Morgen bin ich aufgewacht und hatte das sichere Gefühl, ihn wahnsinnig zu vermissen.

Beim Getränkeautomaten kaufe ich mir Eistee, mit der Dose in der Hand setze ich mich auf eine Bank am Rand des Platzes. Niels spielt hinten auf dem dritten Platz, er wird mich von dort aus nicht bemerken, ich werde einfach hier sitzen und warten, bis er fertig ist.

Ich nehme mir vor, Niels nichts von August und Rabe zu erzählen. Es fällt mir schwer, die Sache für mich zu behalten, aber irgendwie ist dieses Wissen das Einzige, was mich und August noch auf eine besondere Art verbindet. Denn das mit dem Kribbeln war wohl nichts, zumindest nicht für August. Der hat sich auch nicht mehr gemeldet seit unserem Treffen in Rabes Wohnung. Ich muss daran denken, wie wir im Fensterrahmen gesessen sind. Habe das Bild im Kopf wie ein Foto. Irgendwann bin ich auf dem Fußboden eingeschlafen, kurz aufgewacht, als August mich auf die Couch gehievt hat, und dann erst wieder morgens um acht. Habe nachgesehen, August in Rabes Bett gefunden, schlafend, nackt. Ich konnte den

Ansatz seiner Arschritze unter dem Leintuch hervorlugen sehen. Bin gegangen, ohne Nachricht. Es hätte aber auch nichts zu sagen gegeben. Bin im Zug gesessen, immer noch durcheinander und mit einem faulen Geschmack im Mund. Aber der ist im Laufe des Tages dann doch verschwunden und die Gedanken an August und unseren gemeinsamen Abend zunehmend auch. Und ich bin froh darüber. Das macht die Sache leichter.

Ich kann erkennen, wie Niels hinten auf Platz drei zu einem Aufschlag ausholt. Oder wie immer man das nennt, was er da gerade macht. Ich fische Tabak aus meiner Tasche, Filter, Paper und drehe eine Zigarette. Eigentlich habe ich nicht unbedingt Lust auf Rauchen, aber mir ist langweilig und eine Zigarette passt gerade dazu. Zum Warten hier auf der Bank. Es hat abgekühlt, und ich sitze jetzt da mit Eistee, Zigarette und Gänsehaut auf den Armen. Wann kommt denn endlich Niels? Hoffentlich will der Typ, mit dem er da spielt, nicht nachher noch was mit ihm trinken. In meiner Tasche piept es, ich lese die eingegangene Nachricht, sie ist von Ronja: *hola chiquita, wann soll ich dich am freitag abholen?*

Irgendwann, mit fünfzehn oder so, haben Ronja und ich mal eine spanische Fernsehserie gesehen, und da hat ein Mann seine Freundin »chiquita« genannt. Wir wussten gar nicht genau, was das heißt, aber es hat toll geklungen. Ich habe gesagt, dass ich später gerne mal einen spanischen Freund hätte, weil ich es super fände, auch so genannt zu werden. Und Ronja hat gesagt: »Dafür brauchst du doch keinen Freund.« Seither bin ich ihre chiquita. Ich frage mich, wie ich ohne sie überleben soll, wenn sie in London ist.

Am Freitag wird mich Ronja jedenfalls mit dem Auto ihrer Mutter abholen, um acht Uhr morgens. Wir werden zu Ikea fahren, dann in meine neue Wohnung und dort die Wände anstreichen. Werden uns kurz wegen der Farbe streiten, weil Ronja ein knalliges Rot gut findet und ich Milchkaffeebraun will. Wie öd ist das denn, wird Ronja wahrscheinlich sagen, willst du eine Wohnung wie aus einem Lifestyle-Magazin, vielleicht noch mit ein paar Designermöbeln? Wir werden uns anfauchen und dann doch einigen. Und Samstagabend wird es die ultimative Party geben. Zwar nur eine Miniparty, aber ultimativ ist sie allein schon deshalb, weil sie in meiner Wohnung stattfindet. Meine Wohnung, meinemeinemeine. Ich könnte immer noch springen und tanzen vor Freude, wenn ich daran denke, dass ich bald mein eigenes Reich habe. Die ersten drei Monatsmieten übernehmen meine Eltern, danach muss ich neben dem Studium jobben, aber die Miete ist günstig, das wird schon irgendwie klappen.

Ich drücke die nur halb gerauchte Zigarette an der Sitzbank aus, kehre den Aschenrest, der jetzt auf der Bank klebt, mit dem Stummel zu Boden und werfe ihn dann in den Mülleimer neben mir. Erkenne, wie Niels zum Netz geht und seinem Gegner die Hand schüttelt. Endlich. Ich merke, dass es sich gut anfühlt, Niels zu vermissen. Ihn zappelig zu erwarten. Gleich wird er kommen, überrascht und erfreut über meine Anwesenheit sein und sich neben mich setzen, Arm um meine Schultern. Wir werden uns küssen, er wird nach Schweiß schmecken, und wenn er zu Hause unter die Dusche geht, komme ich einfach mit.

Ein Auto. Darin: eine Trittleiter, zwei Eimer, Malerwalzen von groß bis klein, eine Stehlampe, ein Teppich, ein Duschvorleger, Kerzenvorrat für ungefähr siebenhundert Jahre, Teller, Gläser, Müslischalen, eine Pfanne und ein kleines Regal. Oben, auf dem Dachträger: eine Matratze, einen Meter vierzig breit, damit Niels auch Platz darauf hat.

Es herrscht dichter Verkehr, Ronja ist überfordert, ich überfliege nervös den Stadtplan. Navi haben wir keines, eine Hippie-Mutter besitzt so was natürlich nicht. Keine Ahnung, wie, aber irgendwann landen wir dann doch in der richtigen Straße. Schönburgstraße. Und finden sogar eine Parklücke fast vor dem Haus.

Ich falle mehr aus dem Auto als ich steige, fühle nichts in den Beinen, habe vermutlich die ganze Fahrt lang meine Beinmuskulatur angespannt. Mich jedes Mal panisch gegen den Fußvorleger gestemmt, wenn Ronja auf ein Auto vor uns so dicht aufgefahren ist, dass ich »Brems!« rufen musste. Und sie: »Fährst du oder ich?« Und das in Lautstärke zweitausendundzwanzig.

Ronja steigt jetzt auch aus dem Auto, sie schlägt die Fahrertür extra fest zu und flucht: »Hättest du deinen Kram nicht in einem Laden kaufen können, der einen Gratis-Lieferservice hat?« Ich will was erwidern, etwas wie: Ronja, entspann dich, jetzt haben wir es ja geschafft. Aber bevor ich was sagen kann, keift sie schon: »Und überhaupt, hast du eigentlich gar kein schlechtes Gewissen? Ikea, pfff! Null Nachhaltigkeit und sicher alles Kinderarbeit, und weißt du eigentlich, was die, die da Regale einräumen, im Monat so verdienen?« So viel schlechte Laune ist jetzt aber echt übertrieben, finde ich. Schnauze also zurück: »Und du bist Miss Amnesty International, oder wie?« Und denke gleichzeitig: Scheiße. Wir streiten uns fast nie richtig, ich kann es kaum fassen, was da gerade läuft. Ronja starrt mich an, immer noch dieses wütende Funkeln in den Augen, und ich will schnell sagen: Hey, 'tschuldigung, das war echt nicht so gemeint. Aber da dreht sie sich schon um und stapft davon. Und ich denke: Wo will sie denn hin? Stehe unschlüssig, weiß nicht, was tun, was sagen. Laufe ihr schließlich nach, hole sie ein, fasse sie leicht an der Schulter. Setze mein sanftmütigstes Gesicht auf, um ihr gleich den Wind aus den Segeln zu nehmen, bevor sie mich wieder anschreien kann. Aber sie schlägt mit der Hand nach meiner. Ich bleibe stehen, ratlos. So kenne ich Ronja gar nicht. Sie stapft noch ein paar Schritte weiter, hält dann ebenfalls an. Steht eine Weile mit dem Rücken zu mir, bevor sie sich schließlich umdreht. »Die haben mich nicht genommen an der Filmakademie«, sagt sie. »An der Filmakademie?«, frage ich. »Du hast mir gar nicht erzählt, dass du dich da beworben hast.« Sie schweigt. »Ich dachte, du gehst nach London«, sage ich verwirrt. »Ja«, sagt sie, »aber wenn sie mich an der Akademie genommen hätten, wäre ich nicht gegangen.« Okay, denke ich und verstehe mit einem Mal, woher ihre miese Laune wirklich kommt. »Du kannst dich doch im nächsten Jahr noch mal bewerben«, versuche ich es aufmunternd. Sie schaut zu Boden und zuckt mit den Schultern. »Ja«, sagt sie leise, »klar kann ich das.« Ich gehe zu ihr hin und nehme ihre Hand. »Hey, Ronja. Du schaffst es auf jeden Fall. Wer, wenn nicht *du*?« Sie lächelt zaghaft. »Du hast echt Talent. Und du bist die Einzige von uns, die weiß, wo sie hinwill. Ich sehe das schon vor mir, wie ich in ein paar Jahren im Kino sitze und vor Stolz fast platze, weil tausend Leute gekommen sind, um *deinen* Film zu sehen!« »Ach ja«, sagt sie und grinst ein bisschen, »das siehst du also schon vor dir?« Ich nicke. »Und natürlich bin ich auch ganz schön neidisch, weil du so erfolgreich bist und ich nur mit ein paar Hühnern und Ziegen irgendwo in der Pampa sitze und versuche, mich selbst zu versorgen, weil ich alle meine vier Studien, die ich begonnen hab, wieder hingeschmissen habe.« »Autsch«, sagt Ronja und verzieht gespielt mitleidig das Gesicht. »Aber du kannst ja dann bei mir in meiner Promivilla wohnen«, schlägt sie vor. »Sehr gütig«, erwidere ich. »Kann ich die Hühner und Ziegen dann auch mitbringen?« Sie wirft den Kopf in den Nacken und gackert los. Und ich gackere mit und schlinge meine Arme um sie und liebe das Huhn.

Dafür fällt der Streit wegen der Farbe weg. Wir streichen knallrot und milchkaffeebraun, jeweils eine Wand. Die anderen Wände bleiben weiß, sehen ohnehin noch gut aus. Das Fenster steht weit offen, draußen die Hitze, drinnen wir in weißen Malerkitteln und drunter nur Unterwäsche. Die Malerkittel lagen bei Ronja im Keller herum, ich fand sie cool. »Die kannst du dann gleich behalten, vielleicht steht Niels ja auf Rollenspielchen«, zwinkert sie.

Als meine braune Wand fertig ist, setze ich mich aufs Fensterbrett und sehe Ronja zu, die auf der Leiter steht und sich hingebungsvoll der roten Wand widmet, sie malt viel sorgfältiger als ich. Die Sonne fällt direkt auf mein Gesicht, ich schließe die Lider, sehe trotzdem noch Leuchtpunkte tanzen. Ob es wohl immer so bleiben wird zwischen Ronja und mir? Lässt sich das Band, das uns bis jetzt so eng verbunden hat, auch über die Monate und Kilometer hinweg dehnen? Oder wird es eines Tages ausgeleiert sein oder gar reißen? Ich öffne die Augen, sehe Ronja in ihrem Malerkittelchen, das gerade mal ihren Hintern bedeckt, und muss lachen über unser Outfit.

Im Haus gegenüber sind zwei Typen mit Dreitagebart, sehen aus wie aus der Cola-light-Werbung. Sie streichen auch, aber nicht Wände, sondern Fensterrahmen. Blicken rüber zu uns. Sehen mich und von Ronja vermutlich nur den unteren Pobackenansatz. Rufen rüber. Ronja, gar nicht verlegen, steigt von der Leiter, geht zum Fenster, beugt sich raus und ruft: »Hey, morgen Abend steigt hier eine Party, habt ihr Lust?« »Spinnst du«, zische ich, aber sie dreht sich zu mir um, zieht die Schultern hoch und sagt: »Brauchst ja eh Anschluss in dieser Stadt.« Ich zeige ihr den Vogel.

Als wir endlich die Farbreste von Eimern, Walzen und unserer Haut gewaschen haben, ist es dunkel. In einer Schublade finde ich einen Flyer von einem Sushi-Lieferservice und Ronja wählt die angegebene Nummer. Zwanzig Minuten später läutet es an der Tür, wir nehmen unser Essen entgegen, bezahlen und lassen uns im Lotussitz auf dem warmen Parkettboden nieder. Schon beim Kauen fallen uns fast die Augen zu, und als die Plastikschalen schließlich leer sind, tun wir nichts anderes mehr, als uns auf die Matratze zu hieven und die Augen zu schließen. »Gute Nacht«, murmle ich noch und Ronja: »Merk dir gut, was du träumst, denn der Traum der ersten Nacht in einer neuen Wohnung geht bekanntlich in Erfüllung.«

Ronja schläft noch, als ich aufstehe und auf den Gang husche, um aufs Klo zu gehen. Die Bodenfliesen sind kalt, und während ich sitze und es plätschern lasse, hebe ich die Fersen und versuche, nur auf den beiden großen Zehen zu balancieren, um möglichst wenig von der Kälte abzukriegen.

Als ich wieder in meine Wohnung schlüpfe, richtet sich Ronja im Bett auf, stützt den Kopf in eine Hand und grinst mich an. »Und?«, fragt sie. »Halb elf«, antworte ich. »Nein«, sagt Ronja, »nicht die Uhrzeit. Deinen Traum will ich wissen.« Ich zucke mit den Schultern. »Kein Traum«, sage ich. Ronja sieht mich stirnrunzelnd an. Dann erhellt sich ihr Gesicht plötzlich, und sie sagt: »Das ist gut. Das ist sogar sehr gut. Dann ist dein zukünftiges Leben ein unbeschriebenes Blatt und du musst dich keinem tragischen Schicksal ergeben.« Ich grinse. »Wir brauchen Frühstück«, sagt Ronja. »Holen wir unterwegs.« »Und was steht zuerst auf dem Plan?«, fragt sie. »Caritas-Lager«, sage ich.

Den Tipp mit dem Caritas-Lager hat mir Esra gegeben, er steht auf der Schnörkelliste. Wir finden haufenweise gebrauchte Sachen: Blechdosen für Krimskrams, einen Toaster, eine Gießkanne (Ronja, kopfschüttelnd: »Du hast doch noch nicht mal Pflanzen!«), Besteck, eine Teekanne, Tassen, Untertassen mit Blümchen und Goldrand (ich, um Ronja zuvorzukommen: »Ich weiß, ich weiß, kein Mensch braucht Untertassen, aber die sind so hübsch.« Ronja, augenverdrehend: »Pfff …«), ein kleines Bücherregal, einen supergemütlichen Armlehnsessel und zwei Sitzkissen. Als ich einen alten Vogelkäfig in die Hand nehme (»Wow, ist der toll, schau mal, wie filigran. Sicher Jugendstil oder so«), genügt dann doch ein Blick von Ronja, um ihn wieder hinzustellen.

Zurück in der Wohnung, stellen wir alles auf, verrücken das meiste wieder, schrauben, bohren, fluchen zuweilen. Und sind irgendwann richtig zufrieden mit unserem Werk. Eine halbe Stunde auf der Couch lümmeln ist drin, dann noch schnell um die Ecke einkaufen und alles für die Party herrichten.

Ich zünde gerade Teelichter an, und Ronja steht noch unter der Dusche, als um acht die ersten Gäste klingeln. (Zur Erinnerung: Dusche in der Küche. Ich: »Ronja, mach mal, da läutet schon wer.« Ronja, ganz Hippie-Tochter: »Keine Sorge, stört mich nicht.«) Es sind Esra und ihr Freund. Esra hat mir eine Espressokanne mitgebracht, die Ein-Tassen-Größe, genau wie ihre. Ich stoße einen kleinen Freudenschrei aus, wir küssen uns auf die Wangen. »Karim kommt erst später«, sagt sie, und als ihr Blick endlich in die Wohnung fällt: »Hey, da sieht's ja ganz anders aus!« Ihr Freund stellt seine Gitarre ab und sich als Elias vor. Er schaut sich ebenfalls neugierig in der altbekannten und doch neuen Wohnung um. Die Schnörkelliste hängt neben dem Küchenfenster und ich zeige sie stolz Esra. Sie umarmt mich gerührt, und ich wundere mich wieder, wie schnell wir miteinander vertraut geworden sind.

Es klingelt wieder, ich denke: Niels! Aber es ist August.

»Wo hast du Rabe gelassen?«, flüstere ich ihm zu. »Der hatte andere Pläne«, sagt August und umarmt mich. Dann drückt er mir eine Topfpflanze in die Hand. Ich juble und falle ihm nochmals um den Hals. August schaut ein bisschen verwirrt drein, dachte wahrscheinlich, eine Topfpflanze ist ja wohl das ödeste Geschenk zum Einzug in eine neue Wohnung, aber eben besser als gar nichts. Ich laufe mit der Topfpflanze zu Ronja, triumphierend, wir schmeißen uns fast weg vor Lachen. August hält uns garantiert für total durchgeknallt. Weiß ja nichts von der Gießkanne, die nun doch einen Sinn hat.

Der ganze Stress des Tages fällt langsam von mir ab, und ich merke, dass ich total aufgekratzt werde. Alles mögliche Zeug in mich reinfuttere. Viel zu laut und völlig überdreht lache und schon nach einem Glas Wein beschwipst bin. Meine Gäste fühlen sich wohl, es gibt genug zu essen und zu trinken, draußen noch Abendlicht, ich gelöst und glücklich. Die anderen diskutieren gerade über Vor- und Nachteile von Dachgeschoss versus Erdgeschoss. August sagt: »Am besten ist der erste Stock.« Ich grinse in mich hinein. Dann suche ich mein Handy, stelle mich ans Küchenfenster und rufe Niels an, frage, wo er bleibt. Er: »Du, Juli, ich weiß nicht, ob ich's schaffe, hab irgendwie die Zeit vertrödelt.«

Wumms. Wie bitte? Was hat der da gerade gesagt? Das gibt's doch jetzt nicht. Schwips weg, Lachen weg, Aufgekratztheit weg. Ich halte mir das Telefon ans Ohr, vergesse zu atmen, atme dann doch, verschlucke mich, huste. Höre hinter meinem Rücken ein Glas mit lautem Krach in Scherben gehen. Ronja ruft: »Scheiße!« Ich starre Augusts Pflanze auf dem Fensterbrett an, keine Ahnung, was für ein komisches

Gewächs das ist. Aus dem Telefon: »Hey, Juli, bist du noch da? Was war 'n das gerade für ein Geräusch?« Ich starre die Pflanze an. Sehe sie gar nicht richtig, sehe durch sie hindurch. Ich starre und starre. Dann lege ich auf.

Eine Weile stehe ich noch so, dann gehe ich aufs Klo, weil mir wieder mal nichts Besseres einfällt. Ist zum Glück frei und sogar sauber, weiß man ja nie bei Gangklos. Kopf auf die Knie, zehn Mal tief durchatmen.

Er kommt nicht. Sagt mir das einfach so nebenbei, hat es nicht mal für notwendig befunden, mich anzurufen. Sich vielleicht zu entschuldigen oder mir eine Erklärung zu liefern. Kommt einfach nicht. Versteht er nicht, wie wichtig mir das ist? Oder ist es ihm einfach egal? Dann heule ich los. Wische die Tränen mit Klopapier weg, aber es kommen immer neue nach. Ich wische, heule, wische, heule. Nimmt kein Ende.

Irgendwann klopft es an der Tür. Scheiße, denke ich, bin ja völlig rot um die Augen. Wische ein letztes Mal, öffne dann zögerlich, vielleicht ist es ja einer der Nachbarn, der auch mal muss, und ich will nicht gleich am Anfang einen schlechten Eindruck machen.

Draußen steht Karim. Sieht mich an und sein Lächeln rutscht ihm aus dem Gesicht, wird zu einem kleinen Fragezeichen. »Was ist denn los, Juli?«, sagt er sanft, so sanft, dass ich gleich wieder anfangen muss zu weinen. Er nimmt mich in den Arm, ganz selbstverständlich, ist irgendwie ein großer Bär, an den ich mich anlehnen kann. Das liegt bei denen wohl in der Familie, dass man sofort Vertrauen zu ihnen fasst. »Niels kommt nicht«, schniefe ich, so weinerlich, dass Karim es gar nicht verstehen kann, aber er scheint es sich zusammenzureimen. »Dein Freund?« Ich nicke nur. Und weine weiter in Karims Hemd. Er wiegt mich leicht hin und her, so beruhigend, als wäre das sein Job. »Machst du das hauptberuflich, achtzehnjährige Mädchen trösten, deren Freunde nicht zur Einweihungsparty kommen?« Karim lacht. »Nein, ich hab eine kleine Fahrradwerkstatt«, sagt er. »Echt?«, entgegne ich überrascht. Er nickt. Das heißt dann ja, dass er normalerweise keine Herzen, sondern Reifen flickt. Hm. Kann das aber ganz schön gut, das mit dem Herzenflicken. Obwohl er nicht mal irgendwas sagt, aber das mit dem Halten und Wiegen wirkt Wunder. Ich schniefe noch ein bisschen, merke aber, dass es weniger wird. Habe den Kopf immer noch irgendwo an Karims Brust, lass mir von ihm die verklebten Haare aus dem Gesicht streichen. Überlege kurz, ob mir mein ganzer Auftritt peinlich sein sollte, entscheide mich dann aber dagegen, weil Karim mir nicht das Gefühl gibt, lächerlich zu sein. Er lässt mir Zeit, drängt nicht, sagt nicht so was wie: Kopf hoch, jetzt genieß doch deine Party. Sondern wartet einfach, bis ich mich selber dafür entscheide, dass wir jetzt reingehen können.

»Wo warst du denn?«, empfängt mich Ronja fragend. Sieht die verheulten Augen. Vorsichtig: »Alles okay, Juli?« »Niels kommt nicht«, sage ich, »und das ist übrigens Karim.« Sie schütteln einander die Hände. Ich gehe in mein Zwei-Quadratmeter-Badezimmer und wasche mir das Gesicht. Besser so. Ronja kommt von hinten, legt mir den Arm um den Rücken. »Hattet ihr Streit?« Ich schüttle den Kopf. »Aber es ist doch alles in Ordnung bei euch, oder?« Ich will nicken, aber dann zucke ich mit den Schultern. Keine Ahnung, denke ich. Ist noch alles in Ordnung bei uns? Am liebsten würde ich gleich wieder losheulen, aber ich reiße mich zusammen.

Später sitze ich neben August. Der hat natürlich auch mitgekriegt, dass Niels nicht kommt. Er streicht mir flüchtig eine Haarsträhne hinters Ohr. »August«, sage ich, »läuft da eigentlich was zwischen Niels und Sarah?« August sieht mich überrascht an. »Nicht dass ich wüsste«, antwortet er. Und dann: »Wie kommst du überhaupt drauf? Niels steht doch total auf dich, der schaut ja gar keine andere an.« Kurz fühle ich mich erleichtert. Dann schuldbewusst. Weil ich das von mir nicht behaupten kann. Muss an die Blicke zwischen August und mir denken. Die kommen mir jetzt plötzlich aber bedeutungslos vor, denn es ist Niels, den ich so sehr vermisse. Niels, der mir der wichtigste Gast hier auf dieser Party wäre. Weil er zu mir gehört. Nicht August. Der hat ja Rabe.

Elias packt die Gitarre aus, beginnt zu spielen, irgendeinen Gypsie-Swing, und Ronja pfeift begeistert durch die Zähne. Sie springt von der Couch auf, kommt zu mir und zieht mich hoch vom Teppich. »Tanzen«, sagt sie in einem Tonfall, der keine Widerrede duldet. Meine Gliedmaßen sind noch vom Kummer verklebt, aber Ronja nimmt mich an die Hand, dreht mich, bewegt mich und langsam taue ich auf. Elias' Finger laufen so flink über die Gitarre, ich kriege allein vom Zusehen Knoten im Kopf. Esra klatscht mit den Händen einen Rhythmus, Karim trommelt auf seine Schenkel, seine Brust, schnippt mit den Fingern – ich kann's kaum glauben, wie gut das klingt! Meine eigene kleine Party-Combo, denke ich gerührt und spüre plötzlich eine tiefe Zuneigung zu diesem kleinen, zusammengewürfelten Grüppchen hier in meiner Wohnung.

Irgendwann werden wir alle leise. August sitzt auf dem Fensterbrett und raucht, Esra liegt quer über dem Teppich, Karim hat die Augen geschlossen, Ronja ihren Kopf in meinen Schoß gelegt. Elias zupft melancholische Melodien und wir hängen unseren Gedanken nach, träumen oder hören einfach zu. Bis auf zwei, drei Teelichter sind alle abgebrannt und durchs Fenster fällt nur schwach der Schein der Straßenbeleuchtung. Die Konturen werden weich und verschwimmen. Alles in mir ist weit.

Dann läutet etwas. Wir öffnen die Augen, sehen uns an, niemand reagiert, weil wir erst zurück ins Hier und Jetzt finden müssen. Ein Handy, ein Wecker oder die Türglocke? Plötzlich rappelt sich Ronja abrupt hoch, schlägt sich mit der flachen Hand gegen die Stirn, läuft zur Tür und ruft: »Die Fensterstreicher! Die hab ich ja völlig vergessen.«

Die Müllabfuhr weckt mich. Es dröhnt, poltert, scheppert. Ich kenne das dazugehörige Bild, könnte mir ein schöneres für den frühen Morgen vorstellen. Obwohl der vielleicht gar nicht mehr so früh ist. Kein Zeitgefühl. Der Wagen faucht, rollt quietschend weiter, dann dieselben Geräusche von weiter weg. Dann wieder Quietschen und alles noch einmal, von noch weiter weg. Ich öffne die Augen. Spüre einen Arm schwer auf meiner Hüfte liegen. In meinem Nacken atmet Niels.

»Ooooch, doch nicht die Fenstertypen«, hat Ronja mit gespielter Enttäuschung gerufen, als sie gestern Nacht die Tür geöffnet hat. Ich habe nicht einmal daran gedacht, Niels irgendwie Stress wegen seines späten Auftauchens zu machen, ich war einfach nur froh, dass er überhaupt noch gekommen ist.

Ich bleibe liegen, stelle meinen Blick scharf, lasse die Augen wandern, ohne den Kopf zu bewegen. Fenster offen, ein geleerter Aschenbecher, neben mir ein Bündel Kleidung auf dem Boden. Ich schließe die Augen wieder, warte, aber der Schlaf will nicht mehr kommen. Also rolle ich mich vorsichtig unter Niels' Arm hervor, Zentimeter für Zentimeter, bis seine Hand aufs Leintuch gleitet. Ich stehe auf, strecke mich, gehe in die Küche.

In einer Schublade steckt ein Zettel: *Hola chiquita, wir sind dann mal weg, danke für den schönen Abend! Carpe diem!* Daneben ein Smiley und zwei Buchstaben: *R&A.* Ich sehe mich um. Tassen und Gläser stehen gewaschen neben der Spüle, übrig gebliebenes Essen stapelt sich geordnet auf dem Küchenregal. Der Müllsack ist voll und oben zugeschnürt. Ronja, denke ich und schüttle ungläubig, aber dankbar den Kopf. Wann hat sie das bloß gemacht? Und wie hat sie es geschafft, mich dabei nicht zu wecken?

Ich gehe zum Fenster, lehne mich weit hinaus und sehe in der Lücke, in der wir den Wagen von Ronjas Mutter geparkt hatten, einen anderen stehen. Ich sende Ronja eine Nachricht mit vielen Herzen und Küssen. Dann koche ich Kaffee mit meiner neuen Kanne. Trinke ihn im Stehen, heiß, in kleinen Schlückchen. Und habe mit einem Mal eine Ahnung davon, wie August sich fühlt, wenn er morgens in Rabes Wohnung Kaffee macht. So erwachsen, irgendwie. Da ist niemand mehr, der dein Leben überwacht.

Nach dem Kaffee gehe ich unter die Dusche. Trockne mich ab, schlinge ein Handtuch um die nassen Haare und verzichte auf Kleidung. In einer Ecke sehe ich Elias' Gitarre lehnen und wundere mich, wie es ihm passieren konnte, sie hier zu vergessen. Ich greife danach, setze mich auf die Couch und schlage vorsichtig einen Akkord an: G. Dann den nächsten: C. Wieder G. Dann E-Moll. Ich singe fast lautlos ... *How many roads must a man walk down* ... Bin überrascht, dass ich es noch kann. Fünf Akkorde, zwei Lieder. *Blowing in the wind* von Bob Dylan und *Mellow Mood* von Bob Marley. Diese beiden Lieder kann ich spielen, seit ich vierzehn bin. Zweimal Bob. Und dreimal darf geraten werden, wer mir die beigebracht hat. (Ronja: »Ich lern doch keine blöden Hippie-Lieder.« Ihre Mutter: »Jetzt sei aber nicht so.« Ich: »Kann *ich* mal probieren?« Vermutlich hätte mich Ronjas Mutter in diesem Moment am liebsten adoptiert.) Seither hat sich mein Repertoire leider nicht erweitert. Aber egal, ich bin gerade glücklich mit diesen beiden Songs. Probiere auch gleich noch *Mellow Mood* und nach ein paar Versuchen habe ich die Griffe wieder parat. Ich bin versunken … *mellow mood has got me …*

Als ich irgendwann von den Saiten hochsehe, blicke ich geradewegs in Niels' offene Augen. Der grinst. Aber nicht frech, sondern eher verzückt. Ich bemerke erst in diesem Moment, dass ich tatsächlich gesungen habe, und verstumme. Grinse zurück. »Was trägst du unter deiner Gitarre?«, fragt Niels mit rauer Morgenstimme. Ich schenke ihm einen Blick aus tiefen Augen, öffne leicht die Lippen und hauche: »Nichts.« Filmreif, denke ich und muss lachen. Niels auch. Ich lege die Gitarre zur Seite und lasse mich zu ihm ins Bett fallen. *»I play your favourite song, darling«*, singe ich ausgelassen. Niels schmatzt meinen ganzen Körper mit Küssen voll. Ich singe immer lauter, er schlingt seine Arme um mich, kitzelt mich, ich singe und kreische abwechselnd. Seine Hände überall, seine Zunge jetzt zwischen meinen Schenkeln, mein Gesang wird zu einem Seufzen. Ich rolle herum, lasse meine Lippen zwischen seine Beine wandern, setze mich dann auf ihn. Mein Becken kreist, Niels stöhnt und fasst fester an meine Hüften, drückt jetzt mit, und der Tag draußen vor dem Fenster hört für eine Weile auf zu existieren.

Danach liegen wir und warten, bis unser Atem wieder ruhiger wird. Niels dreht meine Haare Strähne für Strähne ein, so lange, bis die gezwirbelten Strähnen zu kleinen Knoten hochspringen. Irgendwann stehe ich auf, nehme die Gießkanne und lasse Wasser hinein. Das bekommt die Topfpflanze. »Lieblingsblume«, sage ich. Niels: »Puh. Schwer.« Nach einer Weile: »Stiefmütterchen.« Ich lache. »Sind das nicht Alte-Oma-Blumen?« »Nein«, sagt Niels, »die klingen nur so.« »Aha. Aber Grabblumen, oder?« Niels zuckt mit den Schultern. Ich stelle die Gießkanne weg und lege mich wieder zu ihm. »Jetzt du«, sage ich. Niels überlegt. Er scheint keine große Lust auf unser Spiel zu haben. »Lieblingssaite auf der Gitarre«, sagt er schließlich. Ich stoße ihn mit dem Ellenbogen in die Seite, weil ich mich verarscht fühle, er lacht. Nimmt die Gitarre, zupft darauf herum. »Sei aber vorsichtig«, warne ich, weil ich an neulich denke und nicht will, dass Elias' Gitarre etwas zustößt.

Der Nachmittag vergeht mit Zupfen und Singen.

Reden, Küssen, Liegen.

Gewitterregen. Plötzlich sind da dunkle Wolken, ein kühler Wind und wie aus dem Nichts Blitz und Donner. Der Regen ist laut, verschluckt alle anderen Geräusche.

Ein guter Nachmittag, denke ich, könnte mehr von dieser Sorte geben.

Niels' Zug geht um zehn nach sechs, um halb beginnt er, sein Zeug zusammenzuklauben. Ich will nicht, dass er fährt, weiß aber, er muss. Morgen beginnt sein Ferienjob. Tenniscamp für Kinder, die kommen aus der Großstadt in unsere ach so idyllische, ländliche Kleinstadt. Hilfe, würde ich rufen, aber Niels kann ziemlich gut mit Kindern. Vielleicht, weil er eine kleine Schwester hat. Jasmin vergöttert ihn, die Tennis-Kinder werden's ebenso tun.

Eine Woche Getrenntsein liegt vor uns. Ich bleibe hier, werde mich noch ein bisschen in meiner Wohnung einrichten, mich in der Stadt umsehen, Esra und Elias besuchen. Niels wird sich von den kleinen Tennis-Mädchen anhimmeln lassen. Sie werden kichern und unsterblich in ihn verliebt sein. Ich glaube, so lange waren wir noch nie getrennt, seit wir zusammen sind. In zwei Wochen ist es ein Jahr.

An der Tür küssen wir uns, kleben richtig aneinander und schaffen es kaum, unsere Körperteile wieder auseinanderzusortieren. Schließlich öffne ich die Tür und Niels läuft eilig die Treppen hinunter. Ich schließe sie hinter ihm, gehe zum Fenster, beuge mich hinaus und warte, bis er auf die Straße tritt. Die ist jetzt regennass und dampft. Ich rufe, winke und er schickt mir Kusshände. Als er nicht mehr zu sehen ist, blicke ich hoch in den Himmel, der wieder aufgeklart hat. Die Zukunft erscheint mir unendlich groß, strahlend blau und sonnengefleckt. In manchen Momenten möchte man das Leben umarmen, mit ihm Polka tanzen oder Cha-Cha-Cha, aber das Leben ist zu groß, um es mit den Armen umschlingen zu können, also bleibt man sitzen, still auf dem Fensterbrett, und atmet und spürt und ist einfach da.

Ich rufe ihn an, er hebt nicht ab. Ich gehe in unser Bad, hole die schmutzige Wäsche aus dem Rucksack, stecke sie direkt in die Waschmaschine. Sehe im Wäschekorb nach, sortiere, stopfe noch einiges von Mama und Papa in die Trommel. Waschpulver dazu, Schnellwaschgang, Start. Denke daran, dass ich in Zukunft wohl Stammkundin im Waschsalon sein werde.

Keiner zu Hause. Die Wohnung still bis auf die Waschmaschine. Ich rufe noch einmal an, wieder nichts. Wähle Ronjas Nummer, um zu fragen, ob sie weiß, wo er steckt. Überlege es mir dann aber schnell wieder anders, noch bevor es bei Ronja klingeln kann. Kommt nicht gut, wenn ich anrufe, nur um nach Niels zu fragen. Zum ausführlichen Plaudern habe ich aber jetzt keine Lust, will zuerst Niels sehen, wegen der Sehnsucht und so.

Ich gehe in die Küche, öffne Schubladen und Schränke. Nehme mir schließlich einen Pfirsich, beiße hinein, er ist sauer. Beiße noch einmal hinein, lasse ihn einfach liegen. Greife zur Zeitung, lese Schlagzeilen, blättere. Es piept. Eine Nachricht von Niels: *in 10 minuten am fluss?* Ich rufe noch einmal bei ihm an. Ich weiß zwar, welche Stelle am Fluss er meint, will ihn aber fragen, was er vorhat. Er geht wieder nicht dran, also schreibe ich einfach: *ok*. Stecke meine Schlüssel ein, laufe drei Stockwerke nach unten, schließe mein Fahrrad auf.

Niels ist schon da. Ich gehe auf ihn zu, hopse auf ihn zu. Die Arme wollen um seinen Hals gelegt werden, das Herz ist leicht, der Fluss ein Glitzern. Und dann stehe ich vor ihm und sehe etwas in seinem Blick, das ich nicht kenne. Und von einer Sekunde auf die andere weiß ich es. Keine Ahnung, wieso. Ich weiß es eben. Und mir wird schlecht. So sehr, dass ich glaube, mich übergeben zu müssen. Ich will mich irgendwo festhalten, aber da ist nichts, nur Luft um mich herum, und die ist von einer Sekunde auf die andere dünn geworden, sodass das Atmen schwerfällt. Niels sagt nicht einmal Hallo. Nur: »Ich muss dir was sagen, Juli.«

Das Glitzern des Flusses ist nur noch ein stumpfes, schlammiges Grün. Ich weiß nicht mehr, ob ich Beine habe, aber wenn, dann knicken sie mir wahrscheinlich jeden Augenblick weg. Ich schlucke. Scheiße. Habe plötzlich ein Bild im Kopf und das Bild ist wie ein Schlag: Neulich, die Party. Ich schmollend nach Hause, Niels noch dort. Sarah auch. Aber wie kann das sein? August hat doch gesagt, dass Niels kein anderes Mädchen ansieht. Und war nicht *ich* es, die immer wieder an uns gezweifelt hat? Und Niels derjenige, der unsere Beziehung nie infrage gestellt hat?

»Es ist was passiert«, sagt Niels jetzt, und ich will es nicht hören, weil ich es ohnehin schon weiß, will weglaufen, aber wo sind die Beine? Also bleibe ich einfach stehen und höre mich selber sagen: »Es ist die Sarah. Stimmt's?« Niels sieht mich einen flüchtigen Moment lang überrascht an. »Wieso die Sarah?«, fragt er und zieht die Stirn in Falten. Irgendwo in mir jubelt es. Also doch nicht die Sarah. Alles nur Einbildung. Es kann ja alles Mögliche sein, was er mir sagen will.

Aber das Leben hat kein Erbarmen mit mir. »Sie heißt Veronika«, sagt Niels. Flüstert es fast. »Sie arbeitet auch im Tenniscamp.« Tenniscamp, denke ich. Scheiß Tennis. Und während ich das denke, fange ich zu weinen an.

Niels steht neben mir, er sollte an dieser Stelle eigentlich den Arm um mich legen und mir sagen, dass das alles nicht stimmt, dass ich aber auch wirklich jeden Blödsinn glaube. Sollte lachen und mir versichern, dass alles gut ist, alles gut. Dass diese Veronika vom Tenniscamp eigentlich total nervig und langweilig ist. Aber er steht nur da, weit genug weg, um mich nicht berühren zu müssen, nicht einmal streifen. Hat den Kopf gesenkt, und kurz glaube ich, er weint gleich mit, so geknickt sieht er aus.

Ich schluchze und schluchze, und irgendwann frage ich: »Wieso?« Und er, ganz leise: »Ich weiß es nicht.« Und mehr sagt er dann eigentlich auch gar nicht. Steht nur da. Ich lasse mich auf die Steine sinken und kann gar nicht anders, als immer nur zu weinen. Immer. Nur. Zu. Weinen.

Irgendwann sagt Niels: »Ich muss jetzt gehen.« Und in mir tut es weh, so weh, wie ich niemals gedacht hätte, dass irgendwas wehtun kann. Und es tut nicht im Kopf weh, dort, wo die Erinnerungen an uns sitzen, sondern es tut im Körper weh, mitten im Körper. In den Armen, in den Beinen, in der Brust und im Bauch. So sehr, dass ich kotzen möchte vor lauter Schmerz. Wie nach einem Boxkampf.

Dann geht er.

Zwölf Monate zusammengewachsen.

Und in nur zwölf Minuten getrennt.

Da ist keine Luft mehr zum Atmen. Da ist nur noch dieses

Brennen im ganzen Körper. Und das Herz ein verkohlter Klumpen. Und irgendwo ist da ein Himmel, der aufgehört hat zu existieren. Und es helfen keine Arme, nicht die von Ronja, nicht die von Mama, nur die von Niels könnten helfen, aber die sind fern, berühren fremde Haut. Und es helfen keine Weisheiten, keine aufbauenden Sätze, keine tröstenden Worte, weil die Zukunft nicht mehr Zukunft heißt, sondern Ende-Schluss-Aus.

Wie übersteht man die ersten Stunden nach dem Schlussmachen? Wie die erste Nacht? Und den Rest des Lebens?

Und irgendwann kommt ein Tag, an dem ich es morgens schaffe, die Beine aus dem Bett zu hängen. Mich aufzusetzen. Aufzustehen. Die Vorhänge zur Seite zu schieben. Ein Tag, an dem ich das Nachthemd ausziehe, mich unter die Dusche stelle, meine Haare wasche. Die Beine rasiere, die Haut eincreme. Vor dem Schrank stehe und überlege, was ich anziehen soll. Mich frage, welches Datum wir haben. Wie lange ist es her? Zwei Tage oder zwölf? Die Beine zittern noch, wie nach einer schweren Krankheit. Die Haut auf den Armen schuppt ein bisschen, als wollte sie etwas Altes loswerden, damit etwas Neues nachkommen kann. Aber die Haut ist dem Rest des Körpers voraus. Denn das Herz weiß immer noch nicht so recht, wie es weiterschlagen soll. Wie wieder zusammenwachsen.

Zwölf Monate zusammengeschrumpft auf ein paar Fotos, ein vergessenes T-Shirt, ein paar geliehene CDs, ein paar gespeicherte Nachrichten, eine halbe Packung Zigaretten, in der Schachtel ein Feuerzeug.

Es gibt ein Foto, da sitzen wir in der Straßenbahn. Das war in Lissabon, letzten Sommer. August und Ronja haben noch geschlafen und ich bin mit Niels schon frühmorgens losgezogen. Der Waggon war außer uns ganz leer. Und irgendwo ist die Straßenbahn in eine Kurve gefahren und es hat ganz plötzlich nach Walderdbeeren gerochen. Einfach so, mitten in der Stadt, so unglaublich intensiv nach Walderdbeeren. Da war kein Wald, keine Wiese, nicht einmal ein Garten. Und Niels hat gesagt: »Das müssen wir festhalten, Juli, diesen Moment.« Und niemand weiß, dass es auf dem Foto nach Walderdbeeren riecht. Niemand außer uns beiden. Und niemand weiß, dass ich mich damals in Niels verliebt habe. Nicht einmal Niels selbst.

Ich sehe mein Handy neben dem Bett liegen, schalte es ein. Piep, piep, piep. Eine ganze Liste verpasster Anrufe. Mindestens zehn Mal Ronja, ein paar Mal August. Kein einziger Anruf von Niels. Die Tränen kommen einfach, ich kann nichts dagegen machen.

Und manchmal rettet dich etwas. Und manchmal ist es ein Lied. Das vielleicht auch der Klingelton des Handys deiner Mutter ist, aber egal. Egal, dass du dieses Klingeln bis vor Kurzem noch nervig gefunden hast. Egal, dass du die Musik jetzt viel zu laut laufen hast, so laut, dass man sie nicht nur bis ins Wohnzimmer hört, sondern wahrscheinlich auch noch bis ins Wohnzimmer drei Häuser weiter.

Irgendwo in mir gibt es doch noch einen Funken, der überspringen kann. Und es gibt Ronja, mit der man tanzen kann wie mit keiner sonst. Und es gibt Gloria Gaynor, die singt: *I've got all my life to live, I've got all my love to give, I will survive ...*

Wenn man das Walderdbeerland verlassen hat, welches Land bleibt dann noch? Wartet irgendwo ein anderes? Und wenn ja, wonach riecht es?

Ich weiß, irgendwann werde ich aufhören, die Tage zu zählen. Das T-Shirt, in dem noch Niels' Geruch hängt, ausziehen. Es in die Waschmaschine stecken und mit dem Geruch auch die Erinnerungen wegwaschen. Mich im Spiegel sehen und mir einen neuen Namen geben, weil ich eine andere geworden bin.

Irgendwann, aber nicht heute. Heute tanze ich zu Gloria Gaynor. Ich finde, das ist ein Anfang.

Meine Wohnung sieht noch genauso aus, wie ich sie vor drei Wochen verlassen habe. Als hätte die Zeit stillgestanden. Als wäre nichts von all dem passiert, das mein Leben plötzlich aus den Angeln gehoben hat. Sogar die seltsame Pflanze von August wirkt frisch und gesund.

Ich lege mich in mein Bett. Eins vierzig breit. Für Niels. Jetzt für die Katz. Ich könnte sentimental werden und zu weinen beginnen, könnte mir aber auch sagen: Scheiß drauf, dann kriegt den Platz eben ein anderer. Ich könnte die Matratze zum Fenster hinauswerfen oder sie mit einem Küchenmesser in zwei Teile schneiden. Ich tue nichts davon, sondern mache die Augen zu und schlafe einfach ein.

Als ich erwache, ist es dunkel. Nur das Display meines Handys leuchtet hell. August. Nicht jetzt, denke ich. Nehme dann aber doch ab. »Hallo, Juli«, sagt August. Pause. Wissen alle nicht, was sie mit mir reden sollen in letzter Zeit. »Was gibt's«, frage ich, ein bisschen barsch, tut mir im selben Moment schon leid. »Ich bin bei Rabe«, sagt August, »kommst du vorbei?« Hm. Auf zwei Frischverliebte habe ich eigentlich überhaupt keine Lust. Will aber auch keine blöde Zicke sein, die sich nur in Selbstmitleid suhlt. Und Rabe will ich ohnehin endlich mal kennenlernen. Also sage ich: »Okay, ich komme.«

Zu Rabes Wohnung ist es nicht weit. Fünfzehn Minuten,

wenn ich gemütlich gehe. Es ist eine angenehme Nacht. Kühler als in den Wochen davor. Ich knöpfe meine Weste zu und genieße den Anflug von Gänsehaut.

Als ich in die Vogelsanggasse einbiege, sehe ich sofort die Beine. Sie baumeln aus dem Fenster. Ich merke, dass ich aufgeregt bin, Rabe kennenzulernen.

Dann sind es aber gar nicht Rabes Beine, sondern die von August. »Hey«, sagt August zu mir herunter und ich hinauf: »Hey.« Wir sehen uns an, und mir fällt ein, dass ich August drei Wochen lang nicht gesehen habe, nicht mehr seit meiner Wohnungsparty. Mir scheint, als würde ein ganzes Jahrhundert dazwischenliegen, so viel ist seither passiert. Jetzt erst merke ich, dass ich August vermisst habe. Dass ich ihn jetzt gerne umarmen würde. Lange. Eine Umarmung, die uns alle Worte erspart. Damit er nicht fragen muss: Wie geht's dir, Juli? Und ich nicht sagen muss: Geht so. Hast du noch mal mit Niels geredet? Nö. Und wieso nicht? Weil er sich nicht gemeldet hat. Weil er sich einfach nicht mehr gemeldet hat, kein einziges Mal seither. Kein Anruf, keine Nachricht, gar nichts. Weil er mich einfach aus seinem Leben gestrichen hat, von einem Tag auf den anderen. Das alles würden wir uns ersparen, wenn wir uns nur lange genug umarmen könnten. Aber das geht wohl schlecht, wenn Rabe danebensteht.

Aber dann geht es doch, weil Rabe nicht daneben steht. August öffnet mir die Tür und wir sehen uns an. Lächeln. Dann beginnen meine Lippen zu zittern und eine Träne rinnt aus meinem Augenwinkel. Und weil ich sie nicht wegwische, läuft sie mir übers Kinn. Und dann umarmen wir uns und sparen uns die Worte. Weil sie ohnehin die falschen wären.

Rabe ist gar nicht da. »Weg«, sagt August, »für drei Tage.« »Wieso lädst du mich immer nur ein, wenn er nicht da ist?«, frage ich. Und leise: »Bin ich dir peinlich?« August schüttelt den Kopf, und ich glaube ihm, weil ich ihm glauben will. »Warum dann?«, frage ich. Er überlegt. Zündet sich eine Zigarette an, fixiert einen unsichtbaren Punkt an der Wand. »Weil das mit Rabe etwas ist, das nur mir gehört.« Er sieht mir jetzt direkt in die Augen. »Verstehst du, Juli, wir vier haben immer alles zusammen gemacht. Wir waren immer so eng, und manchmal habe ich mich gefragt, was aus mir werden würde, wenn ich euch nicht mehr hätte. Was von mir übrig bleiben würde. Ich wusste oft nicht mehr, wer ich eigentlich bin.«

Was sagt er da?, denke ich. Ist das wirklich August, der mir da gegenübersteht und mir solche Sachen sagt? Ist das *der* August, der mit beiden Beinen so fest im Leben steht, dass ihm nichts und niemand etwas anhaben kann? Ich lasse mich auf Rabes Couch sinken. Nehme mir ungefragt eine Zigarette aus der Packung, die auf dem Tisch liegt. August setzt sich neben mich. »Verstehst du das, Juli?«, fragt er weich. Und ich nicke. Weil ich es so gut verstehe, bloß nicht gedacht hätte, dass es August auch so gehen könnte.

Er fragt mich gar nicht, ob ich über Nacht bleibe, es ist irgendwie klar. Seltsam, denke ich, wie vertraut mir Rabes Wohnung schon ist, obwohl ich erst zum zweiten Mal hier bin. »Weiß Rabe, dass ich hier bin?«, frage ich. August zuckt mit den Schultern. »Ich hab's ihm nicht direkt erzählt. Und er hat nicht gefragt.« Ich ziehe die Augenbrauen hoch. »Keine Sorge, Rabe ist cool«, sagt August und damit ist das Thema abgehakt. Ist ja auch nicht wirklich mein Problem, denke ich.

Die Nacht weht zum Fenster herein und die Gedanken verlaufen sich und zerrinnen ins Schwarz. Die Musik kommt diesmal nicht aus der Anlage, sondern aus der Wohnung gegenüber. Irgendein trauriger, schnulziger Gesang, vielleicht spanisch oder italienisch. Passt perfekt zu meiner Stimmung. Der Wind lässt die Teelichter flackern und die Nacht lässt sich Zeit. Bleibt länger, als wir die Augen offen halten können.

Am Morgen ist es längst nicht mehr Morgen sondern Mittag vorbei. August ist nicht da, auf dem Küchentisch finde ich einen Zettel: *Du bleibst doch, oder?* Ich lecke mir mit der Zunge über die Zähne, sie fühlen sich rau an. Kurz zögere ich, aber dann stecke ich mein Telefon ein und gehe. Es ist ja nicht weit zu mir.

Gerade als ich meine Wohnung betrete, beginnt es draußen zu tröpfeln. Ich schnappe mir meine Zahnbürste, öffne das Fenster und sehe hinaus in den stärker werdenden Regen. Spüre ein tiefes Loch in mir. Ich wünschte, es würden einmal zwei Stunden vergehen, in denen ich nicht an Niels denken muss. Zwei Stunden, das wäre doch ein Anfang. Dann drei, dann vier, dann fünf und so weiter. Und irgendwann hätte ich wieder ein Leben, das nicht nur aus Sehnsucht und Schmerz besteht. Ich schließe das Fenster, greife nach meinem Schlüssel, denke kurz daran, die Zahnbürste mitzunehmen, aber das geht eindeutig zu weit.

Draußen schüttet es jetzt. Die Tropfen sind kalt und laufen mir vom Nacken unters T-Shirt. Ich lasse mir trotzdem Zeit. Stelle mich kurz mal bei einem Hauseingang unter und schreibe Ronja: *lust auf großstadt, august und mich?* Dann wieder raus in den Regen. Die Leute drücken sich unter Vordächer, schlüpfen in Geschäfte, sperren eilig ihre Autos auf.

Manche sehen mich verwundert an, weil ich so seelenruhig gehe, die meisten haben keine Zeit, das überhaupt zu bemerken.

Als ich in die Vogelsanggasse einbiege, piept mein Handy zweimal kurz hintereinander. Ich gehe das Stück bis zu Rabes Haus und schlüpfe durch das Tor, das hier immer nur angelehnt ist. Dann erst nehme ich mein Telefon heraus. Zwei neue Nachrichten. Ich lese zuerst die von Ronja: *juli, du bist meine rettung! meine mutter versinkt hier im abschiedsschmerz, das ist echt anstrengend … bin schon so gut wie unterwegs!* Dann lese ich die andere Nachricht: *wo bist du?* Ich gehe hoch in den ersten Stock, und anstatt zu läuten, schreibe ich zurück: *vor der tür.* Zehn Sekunden später öffnet August, nur in T-Shirt und Boxershorts, und lässt das Regenmädchen herein. Ich bin ein Pfützen bildender Sturzbach. August schaut mich ratlos an, dann schiebt er mich ins Badezimmer. Stöpselt die Wanne zu, macht das heiße Wasser an, drückt Duschgel rein. Sagt: »Ich koche inzwischen was.« Und ist draußen. Ich ziehe mir das nasse Zeug ab wie eine zweite Haut, steige in die Wanne, schließe die Augen. Es riecht gut und mir wird warm.

Als ich raussteige, trockne ich mich mit dem Handtuch, das neben dem Waschbecken hängt, flüchtig ab und hoffe, keinen fremden Geruch darin zu hinterlassen. Im Badezimmer liegen ein geripptes Unterhemd und Boxershorts. Sehen frisch aus. Riechen auch so. Ich schlüpfe in Augusts Sachen und bin nicht mal sicher, ob es seine sind.

Im Gang steht ein Wäscheständer mit meinem nassen Zeug darauf. Ich gehe ich in die Küche. »Danke«, sage ich an

August gewandt. Er nickt kurz, deutet dann mit dem Kinn auf die Gurke. »Willst du mal?« Ich schnipple und August seiht die Nudeln ab und klatscht dann Dosentomaten drauf. Ich bin froh, dass er genauso wenig kochen kann wie ich, sonst würde er mir noch erwachsener vorkommen, als er ohnehin schon tut. Ich wasche den Salat, schiebe die Gurkenstückchen vom Schneidebrett in die Salatschüssel, finde Salz, Essig und Öl.

Wir sitzen und essen, schweigsam. Ich mag das Geräusch, wenn der Regen an die Scheibe klopft. Es ist, als würde er uns etwas erzählen und uns so das Reden abnehmen. Mit August schweigen ist leicht, denke ich wieder einmal, und dass ich ihn vermissen werde. Selbst wenn er dabliebe, hier in dieser Stadt. Es würde trotzdem nicht mehr so sein wie jetzt.

»Ich hab Ronja hierher eingeladen«, sage ich dann, und August zieht erstaunt die Augenbrauen hoch. »Stört es dich?«, frage ich, und er überlegt kurz, schüttelt dann flüchtig den Kopf. Ich merke, dass ich ganz selbstverständlich davon ausgegangen bin, dass wir immer noch das enge Grüppchen sind, das immer alles zusammen macht. »Hast du ihr von Rabe und mir erzählt?«, fragt August, »Nein«, antworte ich schnell. Und verstehe im selben Moment, dass es unpassend war, Ronja einzuladen. Weil das hier etwas ist, das nur August und mir gehört. Die Zeit hier in Rabes Wohnung. »Ist schon okay, dass Ronja kommt«, sagt August nach einer Weile, und dann nachdrücklich: »Ehrlich.« Ich nicke und habe trotzdem das Gefühl, etwas kaputt gemacht zu haben.

Nach dem Essen kauern wir uns auf Rabes Couch, es gibt Chips und Cola, eine Bassgeige, die in der Ecke schläft, und Leonard Cohen, dessen tiefe Stimme den Raum ausfüllt und in alle Winkel und Ritzen kriecht. August hat den Kopf nach hinten auf die Rückenlehne der Couch gelegt und die Augen geschlossen. Ich würde meinen Kopf gerne in seinen Schoß legen, mir durch die Haare spielen lassen von Augusts Hand, nur so, einfach nur so. Aber ich mache es nicht. Weil das Rabes Platz ist, weil *sein* Kopf dort hingehört. Und weil mein Kopf eigentlich in den Schoß von Niels gehört. Verdammt noch mal.

»Weißt du schon, was du machen wirst?«, frage ich August. »Bleibst du hier in der Stadt?« »Ja, vielleicht, kann schon sein«, antwortet er. Öffnet die Augen nicht dabei. »Und du«, fragt er, »weißt du schon, was du studieren willst?« Ich schüttle den Kopf, aber das sieht er nicht mit geschlossenen Augen. Es läutet an der Tür, August geht hin.

Ich stöbere durch die Schallplatten, suche eine aus, deren Cover mir gefällt, und lege sie auf den Plattenteller. Im nächsten Moment ertönt Klaviermusik. Ich setze mich aufs Fensterbrett. Der Regen ist kein Regen mehr, nur noch ein Getropfe von Dachrinnen und Markisen. Ich höre, wie Ronja sich von August die Wohnung zeigen lässt, das Knarzen des Bodens begleitet ihre Schritte von Raum zu Raum. Ich verstehe nicht, was sie reden, nur dass Ronja irgendwann »Gratuliere!« ruft. Ich drehe mich um, sehe die beiden im Flur stehen, umarmt. Bei denen geht das so leicht. So ohne uneindeutige Nebengefühle. Eben so, wie es zwischen Freunden sein sollte. Dann kommt Ronja zu mir, umarmt mich, flüstert: »Hallo, meine Süße«, und küsst mich auf die Lippen. Ronja kann das. Die kann mit einem Kuss sagen: Wie geht's dir? Wird es leichter, von Tag zu Tag? Schläfst du schon wieder ein bisschen besser? Du kannst darüber reden, wenn du willst. Und ich seufze und meine damit: Keine Ahnung. Es ist alles so seltsam. Wird das irgendwann mal besser?

Sie setzt sich neben mich aufs Fensterbrett, August kommt auch. Zu dritt quetschen wir uns zwischen die beiden Fensterrahmen, sitzen mehr auf- als nebeneinander. Beine baumeln nach draußen. Drei Raben, sechs Beine. Etwas fehlt hier. Niels fehlt hier. Niels fehlt mir.

August holt Flasche nach Flasche. Wein, Bier, Schnaps, alles durcheinander. Ich frage mich, was das werden soll. Spüre kurz die leise Ahnung in mir, dass dieses Beisammensein das letzte seiner Art ist. Ronja fährt in vier Tagen nach London, was August macht, steht in den Sternen, und Niels hat sich schon jetzt still und leise aus unserer Freundschaft zurückgezogen. Ich denke daran, dass er in diesem Moment vielleicht mit dieser Tennis-Tussi im Bett liegt. Unter der Bettdecke. Weiter will ich nicht denken, nehme stattdessen einen kräftigen Schluck aus der Schnapsflasche.

Der Abend wird zur Nacht, der Alkoholpegel in unserem Blut steigt. Ronja und August teilen sich einen Joint, ich kann nicht mehr. Die beiden kichern wie blöd. Ich rapple mich hoch und gehe aufs Klo, wanke dann in die Küche und trinke ein Glas Wasser. Setze mich an den Tisch und warte. Auf nichts Bestimmtes, vielleicht einfach darauf, dass sich die Bilder vor meinen Augen wieder gerade rücken. Sehe aus dem Fenster hinaus in den schwarzen Hof. Ich kann mir immer noch nicht vorstellen, Niels nie wieder zu küssen, nie mehr zu berühren, nie mehr anzurufen, wenn ich ihn sehen will. Wie kann ich ihm jemals begegnen, ohne wie selbstverständlich seine Hand zu nehmen? Und wieso meldet er sich nicht? Und sei es nur, um zu fragen, ob ich schon weiß, was ich studieren werde. Wie kann es sein, dass ich für ihn einfach nicht mehr existiere?

Ich weiß nicht, wie lange ich so dasitze. Irgendwann stehe ich auf, trinke noch ein Glas Wasser und wasche mir über der Spüle das Gesicht. Dann gehe ich ins Wohnzimmer zurück. Will ins Wohnzimmer zurückgehen. Bleibe aber an der offenen Tür stehen. Sehe nackte Haut, aufeinander, übereinander. Augusts Rücken, seinen Hintern, Ronjas Haare, ihre Beine, ihre Finger, die so fest zugreifen, dass sie rote Abdrücke auf Augusts Haut hinterlassen. Und denke: Scheiße. Mache ein paar Schritte rückwärts, lautlos, steige aus Augusts Kleidern, hastig, will sie nicht eine Sekunde länger an mir haben, stolpere fast dabei. Nehme meine Jeans vom Wäscheständer, das T-Shirt, beides noch ziemlich feucht, ziehe die Sachen mit Mühe über. Glaube, gleich kotzen zu müssen. Wie nach einem Boxkampf. Das Gefühl kenne ich doch schon von irgendwo her. Dann taste ich in der Hosentasche nach meinem Schlüssel. Das Handy liegt im Wohnzimmer, egal. Ich reiße die Wohnungstür auf, laufe die Treppen hinunter, falle beinahe. Raus aus dem Haus. Laufe. So schnell, dass meine Lunge schon nach Kurzem zu stechen beginnt. Laufe trotzdem weiter, weil der Schmerz mich vom Schreien abhält. Und Schreien ist nicht gut, denn wenn ich jetzt zu schreien beginne, höre ich nie wieder auf damit. Und mit einem Mal weiß ich: Wir sind keine Raben. Wir sind einfach nur Motten, die wahllos in jedes Licht fliegen, das auf uns scheint.

Zweiter Teil

Brot
Butter
Milch
Kaffee

Es hat geregnet, heute Morgen. Abends sind die Hausdächer und Gehwege immer noch nass. An das Dazwischen erinnere ich mich nicht.

11. September, Nachricht von August

hey, juli. ich wünschte, ich wüsste, was ich sagen soll. hab mit rabe gestritten. und du meldest dich auch nicht mehr. ich sitze am bahnhof und warte auf den zug, auf irgendeinen. muss einfach mal weg, den kopf auslüften. mehr weiß ich im moment auch nicht. august

Das, was mit mir los ist, hat keinen Namen. Es heißt irgendwie anders. Vielleicht bin ich auch einfach nur in der falschen Jahreszeit.

13. September, Nachricht von Ronja

hi, sweety, london ist der wahnsinn! wann kommst du, juli? wannwannwann? es küsst dich: ronja

Ich benutze nur selten den Lichtschalter. Die Häuser sind leblose Kulissen, nur manchmal laufen Schatten eine Fassade hoch. Weiter unten schneidet der Schein einer Straßenlaterne kegelförmig Bilder aus dem Grau. Wenn man genau hinsieht, erkennt man schon den Dunst der Kälte.

Keine Nachricht von Niels. Seit 36 Tagen.

Die Nacht sitzt bei mir auf der Couch und starrt Löcher in die Luft. Ich koche uns schwarzen Kaffee und dann sitzen wir und schweigen. Die Nacht hat nichts gegen Leute, die schweigen. Und ich habe nichts gegen die Nacht. Wir könnten zusammen schlechte Filme im Fernsehen anschauen. Oder Sitcoms, wo man stellvertretend für uns lacht. Könnten wir, wenn ich einen Fernseher hätte. Wir könnten auch Schach spielen oder schwülstige Gedichte auf schmutzige Zettel mit gerissenen Papierkanten schreiben. Kerzen anzünden. Pingpong spielen im Dunkeln. Uns die Haare zu kleinen Zöpfen flechten. So tun, als wäre alles ein Abenteuer und jedes noch so winzige Fitzelchen unseres Lebens groß und wichtig und bedeutungsvoll. Tun wir aber nicht. Lieber starren wir an die Wand. Stundenlang. Und irgendwann fallen uns die Köpfe nach vorne oder nach hinten oder zur Seite. Dann schlafen wir um unser Leben.

KANN MIR BITTE MAL IRGENDWER EINE ERKLÄRUNG LIEFERN FÜR DIESEN GANZEN SCHEISS?

18. September, Nachricht von Ronja

er hat es mir zuliebe gemacht, juli. weil ich es einfach wissen wollte. und weil er der einzige war, mit dem ich es mir vorstellen konnte. rein freundschaftlich. so was geht eben nur mit august.

Manchmal denke ich, dass ich am liebsten für den Rest meines Lebens in Mamas Küche stehen und Kuchen backen würde, während Mama danebensteht und mir genau sagt, was ich machen muss.

20. September, Nachricht von Esra

hallo, juli, elias hat heute geburtstag, wir feiern im ulrich, *so ab 9, du MUSST kommen, versprich mir das, ja? esra*

05:24 Uhr

Ich bin im Hallenbad. Am Beckenrand wachsen Palmen, auf denen Äffchen herumturnen, und hoch oben, unter dem Glasdach, schwirren Kolibris umher. Anstatt eines Badeanzugs trage ich ein bodenlanges, im Rücken tief ausgeschnittenes schwarzes Kleid. Niemand der Badegäste scheint daran etwas Ungewöhnliches zu finden. Ich steige die Stufen, die in das Becken führen, hinunter und bleibe im Wasser stehen. Das Kleid plustert sich auf und legt sich um meinen Körper wie ein Seerosenblatt. Plötzlich spüre ich eine Berührung an der Hüfte und bemerke, wie jemand in Achterschleifen zwischen meinen gegrätschten Beinen durchschwimmt. Ich tauche mit dem Kopf unter, um zu schauen, wer das ist, aber es ist niemand zu sehen. Unter Wasser strampeln nur irgendwelche fremden Gliedmaßen und das gedämpfte Geschrei der Affen dringt zu mir durch.

Der Himmel strickt an einer grauen Decke. Ich sitze auf dem Fensterbrett, in der Hand eine Tasse Tee.

Trinke.

Schaue.

Warte.

Worauf, weiß ich nicht.

An Tagen wie heute bin ich eine fallen gelassene Masche.

23. September, Brief von Mama

Meine liebe Juli,

ich denke so oft an dich und daran, dass ich dich gerne in den Arm nehmen würde, dich halten und streicheln, als wärest du noch mein kleines Mädchen und als könnte ich durch das Wegpusten deiner Tränen auch deinen Schmerz verscheuchen. Aber ich weiß, so einfach ist es nicht mehr, du bist erwachsen, lebst dein eigenes Leben, und die Verletzungen, die die Liebe zufügen kann, lassen sich nicht durch Draufpusten vertreiben. Aber auch wenn du es im Moment nicht glauben magst: Irgendwann wirst du auf die Zeit mit Niels zurückblicken können und wissen, dass sie wichtig war, trotz des traurigen Endes. Dass sowohl das Glück und die Liebe als auch der Schmerz und Verlust dich reifer gemacht haben und ein Stück weit zu der, die du jetzt bist.

Wahrscheinlich verdrehst du gerade die Augen angesichts all dieser mütterlichen Weisheit, aber zumindest das eine kannst du mir ganz sicher glauben: Es wird leichter, von Tag zu Tag. Du wirst sehen.

Viele Küsse von Mama

Nichts wird leichter.

Auf der Straße vor mir ein alter Mann. Mit der einen Hand zieht er einen abgewetzten Einkaufstrolley hinter sich her, mit der anderen einen Hund. Der Hund hat langes Zottelhaar und ein hinkendes Bein. Der Mann hat ein kariertes Tuch um den Hals und eine Stimme wie ein alter Schrank. Er sagt: »Komm, Puppi. Jetzt gehen wir heim und kochen uns was Gutes.«

Ich finde, mein Leben ist nur noch ein Haufen Post-its. Längst kein Buch mehr mit Umschlag und Bindung und Inhaltsverzeichnis, mit rotem Faden und Anfang und Ende und Höhepunkt und ordentlichem Spannungsbogen. Nichts davon. Nur noch ein paar lose Schnipsel, die keinen Sinn ergeben.

Mit Niels zu schlafen, hat sich angefühlt wie Turmspringen. Raufklettern, ein paar Mal ordentlich abfedern, dann freier Fall und – splash! – gemeinsam eintauchen ins Wasser.

it's me and a room
and so many things to do
but i just sit here
with my head in my hands

fall is marching in
sadness comes along
how come i get lost
so easily

guess i'm looking for a room
between the lines
where i can sit, where i can cry
for no apparent reason

fall is marching in
and i'm drawing back
i put the world on hold
i put my hands in the air

this doesn't take me anywhere
this doesn't take me anywhere
this doesn't take me anywhere

your image has gotten blurry
since i'm hiding down here
when will you come
and make us reappear

(Clara Luzia)

Es klopft an der Tür. Ich auf der Couch, eingewickelt in eine Decke, auf dem Schoß das Studienverzeichnis. Keine Lust, aufzumachen. Aber wenn es Esra ist? Also raffe ich mich doch auf.

Draußen steht meine Vermieterin. Sie begrüßt mich überschwänglich und fragt, ob sie hereinkommen darf. Ich biete ihr einen Platz auf der Couch an, Tisch und Stühle habe ich immer noch nicht. Sie setzt sich in die von mir vorgewärmte Mulde und ich verschwinde in meine Miniküche. Koche Kaffee und lege Reiswaffeln und Apfelspalten auf einen Teller, was anderes habe ich nicht da. Dann sehe ich mich nach etwas um, das sich als Tisch eignen könnte, und bin froh, dass ich mir letzte Woche einen Wäschekorb aus Rattan beim Caritas-Lager gekauft habe. Den trage ich zur Couch, stelle Tassen und Teller darauf und hoffe, dass die dreckige Wäsche, die sich darin befindet, nicht allzu sehr herausmüffelt. »Milch?«, frage ich und bezweifle im selben Moment, dass ich welche dahabe. »Nein, danke«, sagt meine Vermieterin, fragt aber stattdessen nach Zucker. Ich schüttle entschuldigend den Kopf. Dann setze ich mich zu ihr auf die Couch und wir nippen an unserem schwarzen Kaffee. »Fühlen Sie sich wohl hier?«, fragt sie. Ich nicke. Sie: »Funktioniert alles mit dem heißen Wasser oder gibt es Probleme mit der Therme?« Ich schüttle den Kopf. »Falls einmal etwas nicht funktionieren sollte, können Sie mir natürlich Bescheid geben, dann lasse ich das reparieren. Ich dusche ja immer noch mit kaltem Wasser. So habe ich es immer gemacht, schon während dem Krieg, als Kind, und auch nach dem Krieg. Und jetzt, wo ich heißes Wasser hätte, kann ich es mir einfach nicht mehr angewöhnen, warm zu baden. In meinem Alter ist es schwierig, sich an Neues zu gewöhnen. Aber was erzähle ich Ihnen, Sie sind jung und haben das Leben noch vor sich!« Sie lacht. Dann streicht sie gedankenverloren mit der Hand über die Sitzfläche der Couch, als würde sie eine Tischdecke glatt streichen. Ihre Fingernägel sind sorgsam gefeilt, ihre Hand ist alt, die Adern treten stark hervor. Ihr Fuß klopft einen kaum hörbaren Rhythmus auf den Boden. »Haben Sie keinen Fernseher hier?«, fragt sie plötzlich, und ich sage: »Nein.« »Dann können Sie sich heute gar nicht *Land der Berge* anschauen«, stellt sie fest. Ihr Tonfall verrät mir nicht, ob sie es scherzhaft oder mit ernsthaftem Bedauern meint. Ich zucke mit den Schultern und grinse ein bisschen schief. Ihr Blick wandert zum Fenster, meiner folgt dem ihren. Auf der Dachrinne gegenüber lässt sich gerade eine Krähe nieder. »Übermorgen ist schon der 1. Oktober«, sagt sie, mehr zu sich selbst als zu mir. Dann schauen wir wieder einfach zum Fenster hinaus. Irgendwann greift sie abrupt zu ihrer Tasse und trinkt sie in einem Zug aus. »Ich muss dann wieder«, erklärt sie und steht auf. »Ja«, sage ich und begleite sie zur Tür. »Falls etwas mit der Therme sein sollte, sagen Sie Bescheid.« Wir schütteln einander die Hand. Bevor sie im Treppenhaus um die Ecke verschwindet, winkt sie mir noch einmal zu.

30. September, kurz vor Mitternacht, Nachricht von Ronja

dir auch eine gute nacht, kleine elfe. und versprich mir, dass du morgen ausfliegst, sonst verkleben deine flügel noch ganz. es küsst dich: die mondsüchtige

Ich nehme mir Ronjas Rat zu Herzen und verlasse die Wohnung. Ohne es geplant zu haben, lande ich irgendwann in der Vogelsanggasse, meine Beine haben mich einfach hierhergetragen. In Rabes Wohnung brennt Licht. Das Wohnzimmerfenster steht offen, aber es sind keine Geräusche zu hören. Ich kann von der Straße aus das Bild an der Wand im Arbeitszimmer erkennen, das mit dem Saxofon. Sonst nichts.

Der Abend ist ungewöhnlich warm. Die Tür zu einer kleinen Bar geht auf, ein Mann mit Glatze kommt heraus und mit ihm ein paar Fetzen eines französischen Chansons. Das Lied bleibt an mir kleben.

Ich soll nicht mehr an Niels denken.

Ich soll nicht mehr an Niels denken.

Ich soll nicht mehr an Niels denken.

Ich soll nicht mehr an Niels denken.

Ich soll nicht mehr an Niels denken.

Ich soll nicht mehr an Niels denken.

Ich soll nicht mehr an Niels denken.

Ich soll nicht mehr an Niels denken.

Ich soll nicht mehr an Niels denken.

Ich soll nicht mehr an Niels denken.

Ich soll nicht mehr an Niels denken.

Ich soll nicht mehr an Niels denken.

Ich soll nicht mehr an Niels denken.

Ich soll nicht mehr an Niels denken.

Ich denke daran, dass Ronja nächste Woche Geburtstag hat.

Ich denke daran, dass meine Mutter langsam graue Haare bekommt und der Himmel einen gelben Schleier, kurz bevor es zu hageln beginnt.

Ich denke daran, dass August jetzt vielleicht irgendwo in der Karibik in einer Hängematte liegt oder in Norwegen Rentiere beobachtet oder im Speisewaggon der Transsibirischen Eisenbahn eine Tasse Tee trinkt.

Das erste Mal, als Karim plötzlich unangemeldet vor meiner Tür gestanden ist, hatte gar nichts damit zu tun, dass er mich besuchen wollte. Es war einfach die Gewohnheit. Er wollte zu Esra und ist automatisch hierhergekommen. Zu mir. Er hat es nie zugegeben und ich habe nie gefragt. Aber ich weiß es trotzdem. Weil er einen Moment zu lange geschaut hat. Weil etwas leicht Verwirrtes in seinen Augen war. Weil sein Mund ein bisschen zu lange offen gestanden ist, bevor er »Hallo« gesagt hat. Aber er hätte ja auch wieder gehen können.

Das französische Chanson habe ich unter mein Kopfkissen gelegt. Seither schlafe ich besser.

In einer Auslage: Staub, der lose Arm einer Schaufensterpuppe und eine Yuccapalme, leicht verwelkt, gepflanzt in einer Holzkiste mit dem Aufdruck *Hirsch Seifen*. An der Kiste lehnt ein Schild aus Blech: *WER WILL MICH?* Ich zögere. Schließlich trete ich ein und sehe mich verwundert um: Vermutlich ein ehemaliger Verkaufsraum, jetzt leer. Mauerschutt liegt auf dem Boden und der Belag aus Plastik hat Risse und wirft Wellen. Niemand da. Ich nehme die Holzkiste mit der Yuccapalme unter den rechten Arm. Mit der freien linken Hand nehme ich das *WER WILL MICH*-Schild, presse es gegen meine Brust und fange mir auf dem Heimweg halb belustigte, halb mitleidige Blicke der Passanten ein.

Das Radio dudelt, die Sonne scheint zum Fenster herein. Esra schiebt Gemüse in den Wok, es brutzelt und zischt. Elias wäscht den Salat. Ich sitze auf einem Barhocker aus den Siebzigern, den Esra für Elias zum Geburtstag gekauft hat, und denke an nicht viel. Lese die Aufschriften auf den zahlreichen Gewürztiegelchen, die hier herumstehen, und sehe den Vögeln auf den Stromleitungen beim Sitzen und der Katze im Fenster gegenüber beim Schlafen zu. Die Sonne macht mich faul, das Radiogedudel trägt das Seine dazu bei. Ein bisschen fühlt es sich so an, als wären Esra und Elias meine Eltern und ich die Tochter, die sich lümmeln und bekochen lassen darf. So, als würde ich auch dazugehören, zu den beiden in ihre heimelige Wohnung. Ich summe ein bisschen zur Musik, und das Geräusch des Messers, mit dem Elias den Ingwer hackt, gibt dem Moment einen gleichmäßigen Takt. Ich lege meine Wange auf das sonnenwarme Holz des Tisches und schließe die Augen. Es riecht nach Reis und Curry und die Welt ist heute irgendwie in Ordnung.

Ich stehe in der Aula der Uni.

Anglistik
Germanistik
Publizistik
Skandinavistik
Romanistik
Komparatistik
Finno-Ugristik
Indologie
Geografie
Kulturanthropologie
Soziologie
Psychologie

lese ich auf Schildern und jedes Schild steht auf einem Tisch und die Tische bilden einen riesigen Halbkreis. Studienwahlberatung.

Der Student, der am *Ur- und Frühgeschichte*–Tisch berät, trägt eine neongrüne Brille und ein gelbes T-Shirt mit der Aufschrift *Little Miss Sunshine.* Ich setze mich zu ihm und lasse mich eine Dreiviertelstunde lang beraten.

Morgen werde ich inskribieren. Ich finde, es gibt unvernünftigere Gründe für eine Studienwahl als eine auffällige Brille und ein witziges Shirt.

Wieder die verlassene Auslage, an der ich vorbeikomme. Außer Staub liegt jetzt nur noch der lose Arm der Kleiderpuppe im Schaufenster. Ich bleibe stehen. Der Arm sieht so einsam und verlassen aus, dass ich nicht vorbeigehen kann. Also drücke ich gegen die Tür, die unversperrt ist wie beim letzten Mal, und nehme den Arm an mich. Auf dem Heimweg fällt mir Pippi Langstrumpf ein, die sich einmal für ein paar Goldstücke einen einzelnen Arm einer Schaufensterpuppe gekauft hat. Pippi wusste bestimmt eine ganze Menge toller Dinge, die man mit so einem dritten Arm anfangen kann. Wenn ich das nächste Mal bei meinen Eltern bin, werde ich das Buch suchen.

9. Oktober, Nachricht von Ronja

hey, juli, danke für die glückwünsche! glaub mir, mit 19 hat man schlagartig den ganz großen durchblick und der seelenballast aus jugendzeiten fällt auch plötzlich ab ;-) es küsst dich deine sehr erwachsene, überaus weise und schon ziemlich betrunkene ronja

Papa hat angerufen. Er sagt: »Das Wichtigste ist, dass du deinem Tag Struktur gibst, sonst verlierst du dich in diesem neuen Leben.« Blablabla. Ich weiß, er meint es gut, aber … Außerdem hat mein Tag Struktur. Ich mache täglich Punkt neunzehn Uhr einen Spaziergang an Rabes Wohnung vorbei.

Was ich an Niels hasse

dass er sich nicht gemeldet hat
dass er sich nicht mehr gemeldet hat
dass er sich kein einziges Mal gemeldet hat, seit er mit mir Schluss gemacht hat
dass er sich kein einziges Mal gemeldet hat in den mittlerweile 63 Tagen, seit er mit mir Schluss gemacht hat
kein Anruf, keine Nachricht
nichts

07:55 Uhr

Eine Bühne, ein Vorhang. Dahinter Menschen, die geschäftig hin und herlaufen, Requisiten vorbereiten und sich flüsternd unterhalten. In fünf Minuten muss ich auftreten und habe keine Ahnung von meinem Text. Panisch suche ich nach meiner Textkopie, auf der ich mit Leuchtmarkern meine Passagen angestrichen habe. Nirgends zu finden. Ich weiß nicht einmal, worum es in dem Stück geht und welche Rolle ich spiele. Plötzlich eine Hand auf meiner Schulter, ich drehe mich um, hinter mir steht Ronja. »Du musst gleich raus«, sagt sie und schiebt mich zum Vorhang. Ich spähe auf die Bühne und sehe Niels. Daneben August. Sie legen ihre Arme umeinander und küssen sich. Das Publikum applaudiert.

Karim sagt, ganz selten kommt es vor, dass jemand ein Fahrrad zur Reparatur in seine Werkstatt bringt und es einfach nicht mehr abholt. »Seit einem halben Jahr steht dieses Rad hier bei mir herum und der Besitzer hat sich nie mehr blicken lassen.« Ich steige auf, setze mich in den Sattel, der kurz ächzt, und lege meine Hände an die Lenkstange. Es ist ein altes Puch-Clubman-Fahrrad, knallrot. Karim sieht mir zu und lächelt. Dann sagt er: »Ich wechsle den Dynamo und pumpe dir die Reifen auf und dann gehört es dir!«

Cornflakes
Milch
Chips
Nudeln
Dosentomaten
Stricknadeln
Wolle

Wir lümmeln bei mir auf der Couch. Draußen Herbstwetter, trüb, feucht, kalt. Esra hat ein Buch über Dermatologie auf dem Schoß liegen, und als ich mal kurz einen Blick hineinwerfe, ekle ich mich beim Anblick irgendwelcher Hautkrankheiten, die da abgebildet sind. »Wie hältst du das nur aus«, frage ich sie, »immer solches Zeug zu lernen? Ich würde echt nicht wissen wollen, welche scheußlichen Krankheiten es so gibt.« Sie lacht. »Man gewöhnt sich dran«, sagt sie dann und zuckt mit den Schultern. »Wann beginnen deine Vorlesungen?«, fragt Esra. »Haben schon begonnen«, sage ich. »Und?«, fragt Esra. Ich zucke mit den Schultern. »War nicht da.« Esra sieht mich erstaunt an, dann schüttelt sie irgendwie besorgt den Kopf, so als hätte sie es mit ihrer eigenen pubertären Tochter zu tun, die ihr Leben den Bach runtergehen lässt, weil sie so in ihr Gefühlschaos verstrickt ist. In diesem Fall gefällt mir die Eltern-Kind-Rolle nicht so gut wie neulich in ihrer Küche. Ich sage gar nichts, denn vor Esra muss ich mich nicht rechtfertigen, und ich weiß, dass sie es eigentlich nicht so meint. »Chips?«, frage ich stattdessen und stehe auf, um welche zu holen. Sie schüttelt den Kopf und ruft mir hinterher: »Du kannst dich doch nicht nur von solchem Zeug ernähren!« »Oh Mann, Esra!«, rufe ich zurück, schon langsam echt genervt. Sie kapiert und schweigt. Trotzig nehme ich statt der

Tüte Chips ein Glas mit getrockneten Feigen aus dem Küchenschrank.

»Du kannst ja mit mir zur Psychiatrie-Vorlesung gehen«, schlägt sie vor, als ich mich wieder zu ihr auf die Couch fallen lasse. »Wozu?«, frage ich. »Damit du irgendwas machst.« Ich sehe sie zweifelnd an. »Und außerdem erscheint dir dein eigenes Leben dann gleich viel unkomplizierter«, fügt sie hinzu. »Also, ich weiß nicht«, grummle ich. Aber Esra sagt: »Ich schon.« Dann nickt sie wie zur Verstärkung kräftig mit dem Kopf, tätschelt kurz meine Hand und damit ist die Sache abgemacht.

Es gibt ein Foto von August und mir, da sitzen wir nebeneinander auf dem Gehsteig und warten auf den Bus. Es ist Winter, aber ein sonniger Tag. Wir haben unsere dicken Jacken aufgemacht und fingerlose Handschuhe an. Ich lese in einer Zeitung, und August schaut in die andere Richtung, weg von mir. Auf den ersten Blick könnte man meinen, ein langweiliges Foto, unnötig. Aber wenn man genau hinsieht, merkt man, dass wir uns berühren, am Oberarm und am Knie. Es hat nichts Prickelndes oder Erotisches. Gar nicht. Aber etwas so Vertrautes, dass ich das Bild immer vor Niels geheim gehalten habe.

WELCHEN PREIS HAT MEIN LEBEN? hat jemand an die Hauswand gegenüber gesprayt. Darunter klebt ein Preisschild einer DVD, *Die Tribute von Panem*, 12,99 Euro.

Ich stelle mir das Ganze so vor: Irgendwo auf einer Wolkencouch sitzt einer, der Gott heißt, und neben ihm ein endlos hoher Stapel an DVDs. Und Gott zieht sich einen Film nach dem anderen rein und jeder Film ist die Aufzeichnung eines Menschenlebens. Da ist alles dabei, Lustiges und Trauriges, Kitsch und Mord und Totschlag und auch ziemlich viel Langweiliges. Wenn es langweilig ist, geht Gott vielleicht Chips holen. Oder pinkeln.

Was mir fehlt, seit Niels weg ist

sein Geruch
der dunkle, leicht kratzige Klang seiner Stimme, wenn ihn mein Anruf geweckt hat
seine Finger, die sich ganz selbstverständlich mit meinen verknoten
sein Humor
sein spitzer Eckzahn, den man nur sieht, wenn er lacht
das charmante Chaos in seinem Zimmer
sein Blick, wenn er endlich die Augen aufgeschlagen hat, nachdem ich schon lange wach neben ihm gelegen und ihm beim Schlafen zugesehen habe – so traumverloren, irgendwie
seine Begeisterung für schlechte Krimiserien, die irgendwie ansteckend ist
seine Umarmung
die Selbstverständlichkeit, dass wir ein Paar sind
er
als Ganzes

Esra hat es tatsächlich geschafft, mich zu ihrer Psychiatrie-Vorlesung mitzuschleppen. Der Professor trägt zwei Armbanduhren, an jedem Handgelenk eine. Ich muss zweimal hinsehen, aber ja, es ist tatsächlich so. Ich weise Esra darauf hin, sie grinst, aber dann schreibt sie wieder andächtig mit. Zwei Uhren! Und so einer nennt sich Psychiater, der sollte selber mal ein paar Tabletten schlucken. »Er heißt übrigens Witzmann«, flüstert mir Esra zu und kichert, »wirklich, kein Witz!« Ich muss lachen. Dieser ganze Psychokram ist schon verrückt. Lohnt es sich wirklich, um sechs Uhr morgens dafür aufzustehen?

In Rabes Wohnung brennt fast nie Licht, obwohl es mittlerweile um sieben Uhr abends schon dunkel ist. Er ist also entweder um diese Uhrzeit nie zu Hause oder er sitzt gerne im Dunkeln – was ich auch verstehen würde. Ob er August wohl vermisst? Und ob August ihn wohl vermisst? Und mich?

Ich rufe Karim an und bitte ihn, nach der Arbeit mit seiner Bohrmaschine und ein paar Schrauben und Schnüren bei mir vorbeizukommen. Kurze Zeit später steht er vor der Tür und hat alles dabei. Er lässt sich meine Idee schildern, überlegt kurz und macht sich dann ans Werk. Ein paar Löcher gebohrt, ein paar Schnüre gespannt und ruck, zuck hängt mein Schaufensterpuppenarm neben der Wohnungstür, und immer, wenn die Tür geöffnet wird, beginnt er zu winken. Genial. Wir rufen Esra an, sie kommt vorbei und malt meiner neuen Mitbewohnerin ein verschnörkeltes Ganzarm-Tattoo. Danach gehen wir alle zusammen zum Caritas-Lager und kaufen einen langen schwarzen Damenhandschuh aus glänzendem Satin und ein paar silberne Modeschmuck-Armkettchen. Die Accessoires passen perfekt. Als Esra und Karim sich kurz vor Mitternacht verabschieden, winkt ihnen eine exzentrische Diva hinterher. Und ich fühle mich nicht mehr so allein in dieser Wohnung.

Ich sitze vor der Luke und sehe zu, wie sich meine Wäsche immerzu im Kreis herumdreht. Hinter mir das Geräusch von Münzen, die in den Automaten geworfen werden, damit der Waschpulver ausspuckt und bunte Jetons, mit denen man die Waschmaschinen in Betrieb setzen kann. Heute will es nicht richtig hell werden. Hier drinnen versucht das kalte Neonlicht nicht einmal, uns Gemütlichkeit vorzugaukeln. Und trotzdem ist der Waschsalon kein schlechter Ort, um einen Vormittag zu verbringen. Es riecht nach einer eigenartigen Mischung aus Seifenlauge und Kaffee, und es gibt hier viele Sprachen, die sich zu einer ungewöhnlichen Klangcollage vereinen. Dazu das Brummen und Pfeifen und Blubbern und Zischen der Maschinen. Mir gegenüber auf dem kalten Fliesenboden sitzt ein vielleicht zehnjähriger Junge mit Baseballkappe und liest in einem Comicheft. Er scheint alleine hier zu sein. Hin und wieder verzieht er leicht die Mundwinkel zu einem kleinen Lächeln, und ich wüsste gerne, was ihn gerade amüsiert. Als er irgendwann von seinem Heft hochblickt, sehen wir uns direkt in die Augen. »Welche ist deine Maschine?«, frage ich, weil mir nichts Besseres einfällt. »Keine«, sagt er prompt. »Aha«, meine ich verwirrt. »Hatte keine Lust auf Sportunterricht«, erklärt er. »Und da kommst du zum Zeitvertreib ausgerechnet in den Waschsalon?«, frage ich. »Na klar, in die

Wettcafés lassen die mich ja noch nicht rein«, meint er und grinst schelmisch. Ich grinse zurück. »Soll ich dir was vorlesen?«, fragt er. Ich nicke. Er beginnt, laut aus seinem Heft vorzulesen, ohne mir vorher zu erklären, worum es überhaupt geht, oder mir wenigstens den Titel des Heftes zu nennen. Da ich auch die Bilder nicht sehen kann, verstehe ich so gut wie gar nichts von der Handlung. Aber egal, es ist trotzdem unterhaltsam, ihm zuzuhören. Irgendwann hört er auf zu lesen, sieht hoch und mich erwartungsvoll an. »Danke«, sage ich, »hat Spaß gemacht.« »Hab ich gerne gemacht«, erwidert er. Dann packt er sein Comicheft in seinen Rucksack und steht auf. »Also dann«, sagt er, lüftet seine Baseballkappe zum Gruß und verbeugt sich tief. »Ciao«, sage ich, »bis zum nächsten Mal«. »Same place, same time?«, fragt er. Ich muss lachen. »Klar«, antworte ich. »Same procedure as every week.«

Einmal habe ich gedacht, ich wäre schwanger. Als ich Niels davon erzählt hab, hat er mich in den Arm genommen und gesagt, dass es ja alle möglichen Gründe haben kann, warum meine Regel ausbleibt, und dass ich mir keine Sorgen machen soll. »Und was, wenn doch?«, habe ich gesagt. Und er: »Ich will auf keinen Fall Papa werden. Da sind wir uns doch einig, Juli, oder?« Ich weiß nicht, welche Reaktion ich mir gewünscht hätte. Jedenfalls nicht diese.

Esra rennt voraus, ihr dünner Mantel weht hinter ihr her, sie trägt Stiefel mit Absätzen, und ein nasses Blatt klebt an einem Absatz und leuchtet jedes Mal rot auf, wenn Esra den Fuß hebt.

»Los, komm!«, ruft sie über die Schulter nach hinten, und ich gebe mir einen Ruck und trabe ihr hinterher, keuchend. Es riecht nach Herbst, überall Herbst, rot-gelb-oranger Herbst. Schon nach kurzer Zeit bekomme ich Seitenstechen, aber es fühlt sich trotzdem gut an, zu rennen – wann habe ich das zum letzten Mal gemacht? Esra hat ein großes Stück Vorsprung, sie ist unglaublich schnell trotz ihrer hohen Absätze, und ich sprinte schneller, um aufzuholen.

Aber da bleibt sie plötzlich stehen, dreht sich zu mir um, atmet schwer und lacht.

Und ich hole sie ein.

Stoße sie im Vorbeilaufen fast um.

Atme schwer.

Und lache.

Und lache.

24. Oktober, Nachricht von Ronja

nein, hab seither auch nichts von ihm gehört, ist wie vom erdboden verschluckt. angeblich soll er in irland sein (???), vielleicht fliegst du ja mal zu mir nach london und dann schippern wir rüber und besuchen ihn ;-)

Ich stelle mir das Ganze so vor: August hütet in Irland Schafe. Er liegt im hohen Gras, den Kopf in die Hand gestützt, in einem Buch lesend. Da kommt ein goldgelockter Jüngling vorbei, ein fröhliches Pfeifen auf den fein geschwungenen Lippen. Sie sehen einander, die Augen werden weich und leidenschaftlich, die Körperhaare stellen sich ein klein wenig auf und andere Körperteile folgen. Nach dem Liebesspiel liegen sie noch lange zusammen. Der Wind streicht über ihre nackte Haut und die Hand des Jünglings über Augusts Kopf. Dazu spielt August ein Liedchen auf seiner selbst geschnitzten Hirtenflöte aus Weidenholz. Welche Idylle!

Ich sollte gleich Ronja fragen, ob sie aus diesem tollen Drehbuch nicht einen Film machen will. Den könnten wir dann einreichen beim Kurzfilm-Wettbewerb *Knaben, Kitsch und Klischees.*

Schokolade
Joghurt
Grieß
Apfelmus
Käse
Brot
Fischstäbchen
Waschpulver
Tampons
WC-Duftspray

Karim mit knallroter Mütze, unter der seine dunklen Locken hervorlugen. Ich muss ihn ständig ansehen. Ihn mit dieser Mütze. Die erste, die ich jemals gestrickt habe in meinem ganzen Leben. Als Dank für das Fahrrad. Sie ist echt gelungen, finde ich. »Bewunderst du mich oder dein fabelhaftes Strickwerk?«, fragt Karim und lacht. »Euch beide«, antworte ich. Er legt den Arm um meine Schultern und wir schlendern gemächlich die Allee entlang, auf der ich erst vor wenigen Tagen Esra hinterhergerannt bin. Ich frage mich, welcher Himmel mir die beiden geschickt hat.

Auf der Heinestraße hat mich einer mit Dreads gefragt, ob ich Suppe will. Also Suppe testen will. »Es dauert nur fünf Minuten«, hat er gesagt. Ich habe Suppe gegessen und er hat Fragen gestellt. Am Ende (nach ungefähr fünfundzwanzig Minuten) hat er gesagt: »Falls du einen Job brauchst, wir suchen gerade Leute.«

Ich arbeite ab Montag also bei *Spectrum*-Marktforschung. Zwei Tage die Woche, für acht Euro pro Stunde.

Meinen Abendspaziergang lasse ich heute ausfallen. Es regnet in Strömen und es könnte sogar Schneeregen daraus werden.

06:18 Uhr

Ich schließe die Haustür auf. Das Treppenhaus ist dunkel, nur vom fahlen Licht eines Notausgang-Schildes beleuchtet. Die Treppe windet sich Stockwerk für Stockwerk höher, scheint kein Ende zu nehmen. Jedes Mal, wenn ich glaube, endlich im Dachgeschoss zu sein, liegt noch ein Stockwerk vor mir. Als ich dann doch irgendwann vor meiner Wohnung ankomme, erschrecke ich: Die Tür steht offen, sperrangelweit, und drinnen brennt Licht. Panik steigt in mir hoch, und ich überlege krampfhaft, bei wem ich klopfen könnte, um Hilfe zu holen. Aber ich kenne niemanden hier im Haus, außer meiner Vermieterin, aber die ist eine alte Dame und wohnt ganz unten. Schließlich nehme ich allen Mut zusammen und wage mich doch in die Wohnung hinein. Alle meine Sachen sind durcheinandergeworfen. Ich sehe mich um. Dort, wo eigentlich die Dusche sein sollte, ist jetzt eine Tür. Ich öffne sie und sehe einen weiteren Raum, von dem ich bisher nicht wusste, dass er zu meiner Wohnung gehört. Eine Weile stehe ich und staune, da sagt plötzlich jemand hinter mir »Juli«. Erschrocken fahre ich herum. Da steht Niels. »Was machst du hier?«, frage ich ihn, und er: »Ich dachte, ich sehe mal nach, ob bei dir alles in Ordnung ist.« »Hast *du* das Chaos angerichtet?«, frage ich. Er schüttelt den Kopf. »Kannst du heute Nacht hierbleiben?«, bitte ich. »Nein«, sagt er, »ich muss dann wieder.« Er geht zum Fenster, öffnet es und hechtet mit einem Sprung, der mich an seinen Einsatz beim Volleyball erinnert, hinaus. Ich schreie auf. Dann laufe ich zum Fenster und schaue hinunter auf die Straße, aber da ist keine Straße mehr, sondern Wasser, überall Wasser. Das Meer, denke ich und höre im selben Moment die Möwen kreischen. Von Niels ist nichts zu sehen. Aber hinten, am Horizont, geht gerade die Sonne auf und färbt den Himmel ganz leicht rot.

Wir gehen ins Museum. Das war Karims Idee. Aber ich durfte wählen und habe mich fürs Haus der Musik entschieden. An der Kasse bekommen wir einen Museumsplan in die Hand gedrückt, den wir kurz überfliegen. »Die Musikgeschichte lassen wir aus«, beschließe ich, und Karim nickt. Wir hören uns das Neujahrskonzert der Philharmoniker an, versuchen uns im Klang-Quiz und sitzen im Gebärmutterraum umgeben von all den Geräuschen, die ein ungeborenes Kind im Mutterleib hört. Es klopft, zischt, dröhnt, scharrt und blubbert. Durch verwinkelte Gänge gelangen wir schließlich in einen großen, dunklen Raum, der ganz leer ist, aber voller Musik, die aus Boxen an der Decke schallt. Beethoven remixed. Wir sind ganz allein. Nur Karim und ich in diesem großen Raum voller Klänge. Wir stehen und horchen. Und plötzlich macht irgendwas in mir knacks. Als würde eine Muschelschale brechen. Und mein Körper beginnt ganz von allein, sich zu bewegen. Karim steigt ein und dann tanzen wir und nehmen den ganzen Raum dabei ein. Unser privater Club und Beethoven an den Turntables. Irgendein amerikanischer Dichter hat mal geschrieben: *the soul would have no rainbow if the eyes had no tears.* Ich glaube, jetzt verstehe ich zum ersten Mal wirklich, was er damit meint.

Heute macht unser Marktforschungsinstitut eine Umfrage zu einer Tagescreme *für die reife Haut,* sprich: gegen Falten. Meine Aufgabe besteht darin, den Testpersonen verschiedene Verpackungen vorzulegen, auf denen unterschiedliche Frauen abgebildet sind: Es gibt eine Rothaarige mit Sommersprossen und Locken, eine Blonde mit Flechtfrisur und eine mit ganz kurzen schwarzen Haaren. Die Testpersonen sollen dann entscheiden, welcher Frauentyp am besten zum Produkt passt (sprich: welche Verpackung sie am ehesten zum Kauf dieser Creme verführen würde). Ein Sujet mit einem Mann steht nicht zur Auswahl. Männer dürfen offenbar Falten kriegen ohne Ende.

Ich stelle mir das Ganze so vor: Niels streckt den Arm aus, tastet nach Haut, legt seine Hand auf den gefundenen Hüftknochen neben sich. Warmer, verschlafener Abdruck, zu müde noch, um Begehren zu sein, aber schon eine Ahnung davon. Dann, wenn die Augen endlich aufgehen, zerknautschte Blicke und kleine, zungenlose Mundgeruchküsse. Später sitzt sie vielleicht auf seinem Fensterbrett, das Fenster weit offen, rauchend, den wolkenverhangenen Tag im Rücken und Niels' Gesicht vor sich. Und Niels sieht sie an und findet hundert Stellen, die sofort geküsst werden müssen.

Eigentlich hat sich nichts geändert in Niels' Leben. Er hat nur die Rolle der Frau neu besetzt.

Nach einer regnerischen Woche scheint heute endlich mal wieder die Sonne. Auf dem Heimweg von der Arbeit bleibe ich auf einer Bank sitzen und lese in einer Zeitung. Die Schatten sind schon lang, obwohl es erst drei am Nachmittag ist. Neben mir lässt sich eine Frau im Leopardenoverall nieder. Sie beginnt, umständlich in ihrer Supermarkttüte zu kramen, fischt schließlich ein Brötchen heraus und bricht kleine Stückchen ab, die sie auf den Boden wirft. Wenig später sind wir von einer Schar Tauben umringt. Plötzlich springt die Frau auf, beginnt mit weit ausholenden Armbewegungen zu gestikulieren und ruft: »Ich will eher zwanzig treulose Turteltauben finden als einen züchtigen Mann!« Einen Augenblick lang hält sie inne, Arme und Blick theatralisch zum Himmel gerichtet. Dann setzt sie sich zurück auf die Bank und beißt in ihr Brötchen, als wäre nichts passiert. Nur kurz wendet sie mir den Kopf zu und erklärt lapidar: »Shakespeare.« Ich nicke, ziemlich verdattert. Im nächsten Moment greift sie entschlossen nach ihrer Tüte, erhebt sich und geht davon. Die Leopardenflecken auf ihrem Hintern bewegen sich im Takt ihrer Schritte und werden kleiner und kleiner, bis sie nicht mehr zu erkennen sind.

4. November, Anruf von Esra

»Schläfst du schon besser?«

»Bisschen.«

»Und die Träume?«

»Geht so.«

»Wollen wir morgen schwimmen gehen? Orientalischer Badetag, nur für Frauen.«

»Hab keine Badesachen hier.«

»Dann gehen wir nackt. Nackt geht auch.«

»Ja, okay. Klingt gut.«

»Ich hol dich ab, um sechs.«

»Okay.«

»Dann bis morgen.«

»Bis morgen.«

Esra sieht aus wie eine Nixe. Ich gucke ihr zu, wie sie unter der Wasseroberfläche dahingleitet, und bin ganz gefangen von ihrem Anblick. Am Beckenrand taucht sie hoch, streicht sich mit den Händen das Wasser aus dem Gesicht und steigt aus dem Pool. Wir ergattern eine der geheizten Marmorliegen. »Esra«, sage ich, »falls du Elias nicht heiratest, heiratest du dann mich?« Sie lacht. »Ich heirate weder Elias noch dich«, sagt sie, »weil ich nämlich gar nicht heirate.« »Dann heirate ich eben Karim«, sage ich. »Zu spät«, sagt Esra, »der ist schon vergeben.« »Echt?«, frage ich. »Ich wusste gar nicht, dass er eine Freundin hat.« »Na ja«, sagt Esra, »hat er auch nicht so richtig. Ursprünglich war es die Idee unseres Vaters. Sie ist eine entfernte Verwandte, und wenn sie Karim heiratet, kann sie herkommen und hier studieren.« Mir bleibt der Mund offen stehen. »Eine arrangierte Hochzeit?«, flüstere ich, weil es mir fast wie etwas Verbotenes erscheint. Esra lacht. »Ja, wenn du es so nennen willst. Aber sie mögen sich. Sehr sogar. Sonst hätten die beiden sicher nicht zugestimmt.« Ich bin baff. So richtig baff. »Wieso hat Karim mir nichts davon erzählt?«, frage ich. Esra sieht mich an, lächelt weich, aber da liegt irgendwas in ihrem Lächeln, das ich nicht deuten kann. Dann zuckt sie leicht mit den Schultern. Und das war's. Mehr erfahre ich nicht über diese persische Heiratsangelegenheit.

08:20 Uhr

Ich trage ein weißes, bodenlanges Kleid und meine Haare zu einem kunstvollen Knäuel hochgesteckt. Vor mir liegt ein langer Gang, marmorgefliest, an dessen Ende ich einen kleinen Pavillon erkenne. Dort steht jemand. Langsam schreite ich den Gang entlang, Schritt für Schritt, und versuche zu erkennen, wer am Pavillon auf mich wartet. Plötzlich taucht Ronja vor mir auf. »Herzlichen Glückwunsch, Juli«, ruft sie und küsst mich. Dann kommen Mama und Papa und fallen mir ebenfalls um den Hals. Als ich endlich beim Pavillon ankomme, sehe ich einen Mann mit kurzen schwarzen Haaren, aber er steht mit dem Rücken zu mir. »Juli«, ruft jemand hinter mir, »heirate nicht! Du solltest lieber gar nicht heiraten!« Ich drehe mich um und sehe Esra, aber sie ist nur ganz klein, ganz weit weg. Sie läuft auf mich zu, aber sie kommt nicht näher. Ich wende mich wieder dem Mann zu, der immer noch mit dem Rücken zu mir steht. Endlich dreht er sich um, sodass ich sein Gesicht sehen kann, aber ich erkenne ihn nicht. »Wer ist das?«, frage ich, und da ist plötzlich August neben mir und antwortet: »Das ist Rabe.« »Rabe?«, sage ich, »aber wieso soll ich Rabe heiraten? Was ist mit dir?« »Ich heirate Karim«, sagt August, und hinter ihm taucht nun tatsächlich Karim auf und winkt mir zu. Ich sehe mich ratlos um. Rabe steht da wie eine Wachsfigur. Ein Stück weiter weg steht noch jemand, raucht und hält sich sein Handy ans Ohr. »Niels«, rufe ich, und dann noch einmal, so laut ich kann: »Niels!« Aber er raucht einfach weiter und schaut gar nicht herüber zu mir.

7. November, Nachricht von Ronja

hola guapa, wie geht's dir? ich fliege für fünf tage mit meiner au-pair-familie nach madrid – qué bonito! ;-) hasta la vista! ronja

Was ich an Karim so besonders finde

dass er sich nie entschuldigt, wenn er unangemeldet vor meiner Tür steht (keine unnötigen Sätze à la: »Ich hoffe, ich störe nicht ...«)
dass er letzte Woche bemerkt hat, dass mein Vanilletee aus ist, und mir beim nächsten Besuch welchen mitgebracht hat
dass er nicht »Echt?«, »Ja, wirklich?« oder »Das kenn ich!« sagt, wenn ich ihm etwas erzähle, sondern einfach zuhört (sehr aufmerksam übrigens)
dass er mich zur Begrüßung und zum Abschied in den Arm nimmt und immer ein bisschen nach Weihrauch und Myrrhe riecht, wie ein Weiser aus dem Morgenland (ich gebe zu, dass das auch Einbildung sein könnte)
dass er in fünf Sprachen Small Talk führen kann
dass er wunderschöne schmale Finger hat und dass er sich von mir mit meinen bunten Leuchtmarkern die Nägel anmalen lässt und sie nicht wieder abwäscht, bevor er geht
dass er vermutlich auch zwei Tage später noch mit diesen bunten Fingernägeln Fahrräder repariert und sich neugierige Kundenblicke einheimst und dass ihn diese komischen Blicke wahrscheinlich nicht im Geringsten interessieren
dass er nicht fragt, bevor er Kaffee macht (keine unnötigen Sätze à la: »Hast du was dagegen, wenn ich ...«)

dass man ihn irgendetwas über Geschichte oder Politik fragen kann, egal was, und er immer eine Antwort weiß, und wenn schon keine ganze, dann zumindest einen Ansatz
dass er ausnahmslos alle Tiere mag (treuherzig dreinschauende Dackel genauso wie haarige Spinnen am Klo)
dass er mit den Händen die genialsten Rhythmen auf seinen Schenkeln trommeln kann (oder auf meinen)
dass er mir nie das Gefühl gibt, klüger und welterfahrener zu sein als ich (obwohl er es ist)

Die Straßenbahn ist voll, alle Sitzplätze vergeben. In der überheizten Bahn beginnt man schon zwei Sekunden nach dem Einsteigen unter dem Wintermantel zu dampfen. Hinter mir steigt ein älterer Mann ein, sieht sich um, macht dieselbe Feststellung wie ich und grummelt etwas. Gleich neben der Tür, dort, wo bunte Schilder darauf hinweisen, dass diese Sitzplätze für alte, blinde und schwangere Menschen freizugeben sind, sitzt ein Mädchen und sieht zum Fenster hinaus. Der Mann murmelt: »Eine Frechheit ist das«, und blickt zu dem Mädchen hin. Sofort schaltet sich eine Frau hinter ihm ein: »Na, was glauben'S, die Jungen heutzutage haben keinerlei Anstand mehr.« Eine dritte Stimme keppelt auch etwas dazwischen, das ich nicht richtig verstehe. Das Mädchen sieht weiterhin zum Fenster hinaus, lässt sich keine Regung anmerken, aber ich glaube zu erkennen, dass sich seine Wangen leicht rot färben. Als die Straßenbahn an der nächsten Station hält, bückt sich das Mädchen kurz, zieht etwas Langes unter seinem Sitz hervor, drückt sich von seinem Platz hoch und humpelt zur Tür. Draußen stützt es sich auf seine Krücken und zieht langsam und schwerfällig sein fast unbewegliches Bein hinter sich her.

»Und wann?«, frage ich. »Im März«, sagt Karim. »Wieso hast du mir nichts davon erzählt?« Karim sieht mich an. Sagt nichts, schaut nur. Mir in die Augen zuerst, dann weg, ins Leere. Und etwas an seinem Blick erinnert mich an den von Esra, neulich im Schwimmbad. Und irgendwie muss ich plötzlich schlucken. Weil da was in mir zu gären beginnt. Etwas, das ich in den letzten Wochen schön luftdicht verschlossen gehalten habe, irgendwo in mir, um es mir nicht eingestehen zu müssen. Aber jetzt ist der Deckel ab, und ich kann nicht länger so tun, als wäre nichts. Obwohl es ja so offensichtlich ist, dass es sogar Esra ahnt. »Ich geh dann mal«, sagt Karim.

Als er weg ist, lege ich mich auf den Fußboden und atme zehn Mal tief durch.

Kann mal bitte irgendjemand dem Herzen das Ruder aus der Hand nehmen?

12. November, Nachricht von Ronja

*»Los ángeles pueden volar porque se toman a si mismos a la ligera.« muchos besitos! ronja**

*Übersetzung siehe Seite 202!

Am Institut machen wir heute eine Umfrage mit Kindern, nämlich zu den Überraschungseiern, also genauer gesagt: auf welche Geschenke in den Schokoeiern die Kinder am meisten abfahren. Zur Auswahl stehen ein Schlumpf, vier winzig kleine Buntstifte, ein Boot zum Zusammenstecken und Zungen-Tattoos mit Obstgeschmack. Die meisten finden die Zungen-Tattoos am coolsten. Ich will auch eines probieren und entscheide mich für die Himbeere.

Abends kommt Karim bei mir vorbei, ich strecke ihm die Zunge heraus und er lacht mich aus. Aber irgendwann sagt er: »Ich frage mich, ob man das beim Küssen schmeckt.« Ich glaube, das Gegenteil von Vernunft ist Verliebtsein.

00:09 Uhr

Winter, ein Punschstand auf dem Weihnachtsmarkt. Ronja und ich, beide mit einer Tasse in der Hand. Als ich mich umdrehe, steht Niels vor mir. In meinem Magen zieht sich ruckartig etwas zusammen. »Du siehst blass aus«, sagt er und greift mit der Hand nach meiner Wange. Ich weiche zurück, die Hand bleibt in der Luft stehen wie bei einem Filmriss. Dann ist auf einmal Ronja neben mir, sie nimmt Niels' Hand, die immer noch in der Luft hängt, und legt sie an ihre eigene Wange. Ronja und Niels umarmen und küssen sich leidenschaftlich. Dann ist Niels plötzlich nicht mehr Niels, sondern August, und ich bücke mich schnell, um im Schnee nach dem Knopf zu suchen, der gerade von meinem Mantel abgesprungen ist. Ich krieche auf allen vieren unter den Stehtischen herum, zwischen den Beinen der Betrunkenen hindurch. Aus den Lautsprecherboxen dröhnt *Last christmas,* ich erkenne die Melodie, aber der Text ist in einer fremden Sprache. Vielleicht Persisch.

15. November, Nachricht von Ronja

falls du jemals mit dem gedanken gespielt hast, eines tages kinder zu kriegen, rate ich dir: TU'S NICHT! *viele küsse von der nanny, die schon jetzt kurz vor dem burn-out ist*

Brot
Butter
Avocado
Gurke
Zitrone
Kokosmilch
Linsen
Wein
Zahnpasta
Kondome

Mit Karim zu schlafen, fühlt sich an wie ein Knäuel Wolle. Wie eine ständige runde Bewegung. Und irgendwann ist der Faden zu Ende und man findet sich unter einer weichen, warmen Decke wieder.

Die Verkäuferin im Zeitschriftenladen hat sich ein rotes, künstliches Haarteil in ihre ansonsten grauen Locken gesteckt. Sie steht hinter dem Verkaufstresen, der die ganze Breitseite des winzigen Raumes einnimmt, stützt die Ellenbogen darauf und raucht. Auf der anderen Seite des Tresens lehnt ein Mann in ihrem Alter, ebenfalls rauchend. Er sagt: »Welche europäische Insel ist am weitesten weg von der Hauptstadt des Landes, zu dem sie gehört – Korsika, Rhodos, Gran Canaria oder Madeira. Was glauben Sie?« Die Trafikantin wiederholt langsam: »Korsika, Rhodos, Gran Canaria oder Madeira.« Sie sieht über ihre kleine, eckige Brille hinweg ins Leere. Dann lacht sie. Ich lege die Zeitung, die ich kaufen will, auf den Tresen, ziehe meine Handschuhe ab und suche in meiner Manteltasche nach ein paar Münzen. Die Frau hält die Hand auf, ohne mir den Preis der Zeitung zu nennen. Ich lege auf gut Glück einen Euro und ein Fünfzigcentstück in ihre offene Hand. Sie drückt auf einen Knopf, die Lade der Kasse fährt mit einem Klingeln heraus. Sie ordnet die Münzen in die entsprechenden Fächer, nimmt ein Zwanzigcentstück heraus, legt es vor mich hin und sagt noch einmal, diesmal scheinbar an mich gewandt: »Korsika, Rhodos, Gran Canaria oder Madeira.« Vielleicht sieht sie auch einfach nur durch mich hindurch. »Gran Canaria«, sage ich trotzdem. »Bravo!«, ruft der Mann, noch bevor ich die Antwort ganz ausgesprochen habe. »Gran Canaria«, wiederholt die Frau nachdenklich. »Hätte ich auch getippt«, sagt sie schließlich und nickt. Dann drückt sie ihre Zigarette in den Aschenbecher. »War gestern eine Frage in der Millionenshow«, sagt der Mann jetzt. Und, plötzlich misstrauisch, zu mir: »Haben Sie es etwa gesehen?« Ich schüttle den Kopf. »Kein Fernseher«, erkläre ich. Der Mann runzelt die Stirn. Kann sich vermutlich nicht entscheiden, ob er mir glauben soll oder nicht. Ich nehme die Zeitung, lächle zuerst die Frau, dann den Mann flüchtig an, sage »Auf Wiedersehen« und drehe mich um. »Wiedersehen«, sagen die beiden im Chor. Mit mir schwappt eine Rauchwolke hinaus auf die Straße.

Rabe ist blond! Ich bin ganz selbstverständlich davon ausgegangen, dass er schwarze Haare hat. Er hat am Fenster gestanden und Joghurt gegessen. Auf seinen Löffel sind die ersten Schneeflocken in diesem Winter gefallen.

Ich weiß nicht, wie ich es Esra sagen soll. Ich habe ja keine Ahnung, was sie davon hält. Dass sie schon was geahnt hat, steht fest, aber vielleicht hätte sie uns für erwachsen genug gehalten, um unseren Gefühlen nicht nachzugeben. Während der Witzmann über Substanzgebrauch und Drogenmissbrauch, über schizoide Paranoia und paranoide Schizophrenie, über dies und das und jenes redet, wälze ich die Worte in meinem Kopf hin und her. Wie sag ich's ihr bloß? Vielleicht hat es ihr Karim ja schon erzählt? Aber dann würde sie mich doch darauf ansprechen. Muss sie es denn überhaupt wissen? Ja, definitiv. Sie ist meine beste und einzige Freundin in dieser Stadt.

Die Seminarstunde vergeht und ich bin immer noch ratlos. Am Ende male ich kurzerhand *J & K* auf meinen Schreibblock, reiße das Stück Papier heraus und schiebe es zu Esra hinüber. Sie schaut es an, legt die Stirn in Falten, ratter-ratter, versucht, das Rätsel zu lösen. Mir bricht der Schweiß aus. Dann dreht sie den Kopf abrupt in meine Richtung und grinst mich an. Ein ganzes Bergmassiv bricht mir vom Herzen.

Seit einem halben Tag liegt Matsch auf der Straße. Seit einer halben Stunde sitze ich da und starre auf mein Handy. Warte, dass eine Antwort kommt. Von Niels. Er ist mir eben nicht egal, auch nicht nach drei Monaten, auch nicht jetzt, wo ich dabei bin, mich wieder zu verlieben. Wir waren so lange befreundet und ein Jahr lang ein Paar – ich will mich eben einfach mit ihm zum Kaffeetrinken treffen, ihn fragen, wie es in der neuen Klasse ist, wie es Jasmin geht und ob er mich irgendwann mal hier besuchen kommt. Was wäre daran verkehrt?

Aber mein Handy piept nicht. Kann alles Mögliche heißen, vielleicht hat er gerade Training oder steht im Plattenladen und hört sich CDs an, Kopfhörer über den Ohren, sodass er sein Handy nicht hört. Vielleicht sitzt er beim Essen mit der ganzen Familie oder er ist kurz nach draußen zum Automaten, Zigaretten kaufen, und sein Handy liegt auf seinem Bett. Oder sein Handy steckt zwar in seiner Hosentasche, aber die Hose liegt auf dem Boden und Niels liegt in seinem Bett. Hat keine Lust, aufzustehen, weil er gerade zu faul ist. Oder weil er gerade seine Tennis-Tussi leckt.

Der Fluss in dieser Stadt ist viel größer als der, in dem ich ganze Sommer meiner Kindheit und Jugend verbracht habe. Selbst der Seitenarm, an dem wir entlanggehen, ist noch doppelt so breit. Karims rote Mütze leuchtet im Nebel. An einem Strauch hängt ein ehemals weißer Kinderschal, jetzt schmutzig braun. Zweige knacken unter unseren Schuhen und hin und wieder raschelt es im Unterholz. Warum sind die Geräusche im Winter eigentlich so viel scharfkantiger als im Sommer? Ich könnte Karim diese Frage stellen, aber ich lasse meinen Mund lieber zu und die Kälte draußen. Wir gehen schweigend, hören ein Schiff tuten, weiter drüben, hinter der Sandbank, hinter dem Gestrüpp. Irgendwo weit weg rauscht der Verkehrslärm der Stadt. Karims Nasenspitze ist vor Kälte ganz rot. Ein in Plastikplane gehülltes Boot liegt im Wasser, geschaukelt vom kaum merklichen Wellenschlag. Als wir uns auf einen Baumstumpf setzen und eine Weile einfach nur dem Fluss beim Fließen zusehen, malt Karim mit dem Finger ein Herz in meine geöffnete Hand.

Am Institut mache ich jetzt auch manchmal Meinungsumfragen per Telefon. Wir bekommen Listen mit Nummern und die müssen wir Zeile für Zeile abarbeiten. »Guten Tag, *Spectrum*-Marktforschung, mein Name ist Julia Mooshammer, hätten Sie ein paar Minuten Zeit für eine Umfrage?« Die meisten haben keine Zeit.

Zwanzig Computer, zwanzig Telefone mit zwanzig Headsets in einem kleinen Raum. Die Luft ist stickig, aber draußen ist es schon richtig kalt, und es gibt immer irgendwelche, die das Fenster zuhaben wollen. Ich habe mitgekriegt, dass einige gar nicht telefonieren, sondern einfach vor dem Bildschirm sitzen und selber die Umfragen ausfüllen. Das habe ich mich bisher noch nicht getraut, aber damit es nicht so langweilig ist, variiere ich meinen Namen. »Guten Tag, hier ist Julia Roberts, hätten Sie vielleicht …« Oder Julia Stiles oder Julia Jentsch oder Julia Capulet. Die meisten checken überhaupt nichts.

Ich schließe mein Postfach auf. Ein Flyer von einem Pizza-Zustellservice, das neue Veranstaltungsprogramm vom *Ulrich,* ein Kuvert von der Uni. Und eine Postkarte. Die Karte zeigt ein kleines grünes Fischerboot, das im Sand liegt. Und hinten, ohne Absender:

In Grönland gibt es 30 Wörter oder so für Schnee. Ich finde, hier sollte es mindestens 30 Wörter für Grün geben. Und 50 für Nebel.

03:22

Wir sitzen auf einer Dachrinne, hoch oben über der Stadt, aufgereiht wie die Vögel. Rechts von mir sitzt Ronja und auf der anderen Seite Karim. August und Rabe halten sich an der Hand. Esra bindet ihre Haare mit einem Gummiband hoch und Elias spielt auf der Gitarre. Hinter mir scheppert etwas, und als ich mich umdrehe, sehe ich Niels, der auf dem Dachgiebel balanciert. Als unsere Blicke sich treffen, winkt er mir kurz zu, lächelt. Ich winke nicht und lächle nicht. Denke nur: Komm bloß nicht näher. Er zögert, dann steigt er auf der anderen, von uns abgewandten Seite des Daches hinunter. Schritt für Schritt verschwindet seine Gestalt aus meiner Sicht.

Schon wieder Post. Diesmal ist auf der Karte ein Tukan abgebildet, der auf seinem Schnabel ein Glas mit irgendeinem schwarzen Gesöff balanciert. Darunter: *Lovely day for a Guinness.* Okay, denke ich, dann ist das wohl Bier. Ich drehe die Karte um und lese:

Im Wesentlichen beschränkt sich mein Leben hier auf Kaffeekochen, den Kanari füttern und ab und zu ein paar Akten durch den Reißwolf drehen.

Was ich von Niels und mir in Erinnerung behalten will

den Moment, als Niels und ich uns zum ersten Mal geküsst haben, und der Wind hat ihm meine Haare ins Gesicht geweht. Und Niels' Lippen haben nach Salzwasser geschmeckt und waren viel weicher, als ich es jemals gedacht hätte.

den Silvesterabend, an dem Niels und ich keine Lust mehr auf Party hatten und einfach abgehauen sind und uns in irgendein Auto gelegt haben, dessen Türen nicht verschlossen waren. Und wie wir darüber geredet haben, dass wir eines Tages zusammen auf einem Boot leben wollen und wie wir es nennen werden und wohin wir damit segeln.

den Tag, an dem Ronjas Opa beerdigt wurde und wie wir zu viert nachts über die Friedhofsmauer geklettert sind und für ihn Totentänze aufgeführt haben, weil Ronja gemeint hat, so eine langweilige Beerdigung sei wohl nicht gerade das, was ihr Opa sich gewünscht hätte. Und wie Niels in dieser Nacht plötzlich begonnen hat, zu unseren Tänzen irgendeine Melodie zu singen, irgendwas, das wie ein Choral geklungen hat, total mystisch, echt krass. Und wie wir nach Hause gegangen sind, zu zweit, weil Ronja und August in die andere Richtung mussten. Da hat es schon gedämmert und wir sind dem Licht entgegengegangen und alles war so still. Und Niels hat immer noch so mystisch gewirkt. Und es war, als wären wir beide die einzigen Menschen auf der ganzen Welt.

diesen einen Morgen im Juni, an dem ich mein grünes Kleid getragen habe, das mit dem roten Saum, und wie Niels barfuß über die Wiese gelaufen ist und ich ihm entgegen, ihm in die Arme, und wie er mich hochgehoben und gedreht und nach Sonne und Gras gerochen hat.

»Ich brauche einen neuen Job«, sage ich, »diese Umfragen machen mich wahnsinnig.« Karim schraubt an irgendwas herum, reagiert nicht. Ich nehme ein kleines Teeglas mit goldenem Rand, gieße Tee aus der Thermoskanne hinein und ein bisschen Kaffeesahne dazu. Dann setze ich mich in das winzig kleine Schaufenster der Werkstatt. Hier hat nicht mal ein einziges Fahrrad Platz, deshalb hat Karim einfach ein Sitzkissen für Besucher hingelegt. Ich glaube, Karim bekommt oft Besuch in seinem Laden. »Weißt du, was eine Fahrradnabe ist?«, fragt er irgendwann, ohne seine Arbeit zu unterbrechen. Ich schüttle den Kopf. »Willst du's wissen?« Ich zögere. Karim sieht hoch und sagt dann: »Ich könnte dich einarbeiten. Die ersten paar Wochen machst du ohne Bezahlung, dann stell ich dich als Mitarbeiterin an. Ich könnte ein bisschen Hilfe gebrauchen.« Ich ziehe die Augenbrauen hoch. »Karim«, sage ich, »ich wäre so ziemlich die mieseste Fahrradmechanikerin, die du dir vorstellen kannst.« Er lacht. »Okay«, sagt er, »okay. Aber vielleicht stelle ich dich zum Vorlesen an. Du könntest hier im Schaufenster sitzen und mir vorlesen.« »Ja«, sage ich, »vorlesen kann ich. Aber das mach ich unentgeltlich.« Er lächelt. Sein warmes Vanillelächeln. Ich muss schlucken. Weil ich spüre, wie gerne ich die Zeit anhalten würde, damit es niemals März werden kann.

Yeah, I've made many mistakes. Life didn't come with instructions.

(gefunden im Damen-WC neben Hörsaal E.012, hinterste Kabine)

30. November, wieder eine Karte in meinem Postkasten

Ach, Juli, ich wünschte, du hättest noch einmal mit mir geredet, damals, nach dieser Nacht in Rabes Wohnung. Ich weiß bis jetzt nicht, wie du darüber denkst. Ich weiß auch bis jetzt nicht so richtig, wie ich darüber denken soll. Vermutlich wollten wir es einfach wissen, Ronja und ich. Alle beide.

Hast du eigentlich vor, für den Rest deines Lebens auf mich sauer zu sein?

Und ich halte die Karte in der Hand und denke: Ich war gar nie richtig sauer. Nur überrumpelt vom Leben, irgendwie.

Heute hat der Witzmann eine Patientin da. Sie redet über ihre Mutter und darüber, dass sie mal von einem Hund gebissen wurde. Um ein paar Männer geht es auch, die sind ihr allesamt irgendwie abhandengekommen. Ich möchte nicht an ihrer Stelle sein. Vor einem Haufen Studierender mein Seelenleben ausbreiten müssen. Und von denen analysiert werden. Und wie kann die überhaupt ernst bleiben, wenn ihr ein Typ mit zwei Uhren Fragen stellt?

Als sie wieder gegangen ist, fordert uns der Witzmann auf, unsere Beobachtungen und Interpretationen zu äußern. Esra sagt etwas sehr Kluges, aber ich kann ihr nicht ganz folgen, mir fehlt die zugrunde liegende psychologische Theorie. Ein paar andere sagen auch was und der Witzmann nickt hin und wieder oder legt den Kopf schief. Als keinem mehr etwas einfällt, setzt er einen geheimnisvollen Blick auf und sagt: »Das Wichtigste ist Ihnen gar nicht aufgefallen.« Fragende Gesichter. Dem Witzmann ist anzusehen, wie er sich bemüht, die Antwort rauszuzögern, um die Spannung noch ein bisschen anzuheizen. Er leckt sich sogar mit der Zunge die Lippen. Schließlich kann er nicht mehr an sich halten und ruft: »Die roten Haare!« Dabei reißt er die Hände mitsamt den Armbanduhren in die Höhe. Die Katze ist aus dem Sack, aber die Gesichter rundherum schauen weiterhin fragend drein. Witzmann, jetzt leicht ungeduldig: »Die Frau hat rote Haare! Ja, verstehen Sie denn nicht, die ist bestimmt ihr Leben lang wegen ihrer Haare gehänselt worden. So etwas überdauert Jahrhunderte, solche Vorurteile wegen roter Haare.« Im ersten Moment glaube ich, nicht richtig zu hören. Im nächsten will ich Hilfe! rufen und schreiend aus dem Hörsaal rennen, angesichts solch haarsträubender Theorien. Und das soll ein Psychiater sein, dem das menschliche Seelenheil anvertraut wird, denke ich zum wiederholten Mal, seit ich dieses Seminar besuche. Schauderhaft. Esra wirft mir einen Blick zu und lacht leise, weil sie vermutlich an meinem Gesichtsausdruck ablesen kann, was ich gerade denke. Unter den Zuhörenden macht sich leises Gemurmel breit. Skepsis, hoffentlich. Trotzdem traut sich niemand so richtig, dem Witzmann und seiner absurden These zu widersprechen. Ich wetze unruhig auf meinem Stuhl hin und her, und obwohl ich keine Ahnung von Medizin, Psychologie oder Psychiatrie im engeren Sinne habe, weiß ich, dass ein Gegenargument her muss. Angestrengt versuche ich, in meinem Kopf den richtigen Satz zu formulieren, aber womit soll man schon kontern, wenn man nur eine kleine, unbedeutende Studentin im ersten Semester ist, die nicht mal Psychologie oder Psychiatrie studiert, sondern einfach nur ihre Freundin wöchentlich zur Vorlesung begleitet, weil sie nichts Besseres zu tun hat. Und während ich noch überlege und mir die Verzwicktheit der Situation immer klarer wird, macht Esra etwas, das so richtig cool ist. Sie hebt die Hand und sagt: »Herr Professor Witzmann, die Haare der Frau waren gefärbt. Man hat oben den dunklen Nachwuchs gesehen.« Der Witzmann schaut mindestens fünf Sekunden lang verwirrt drein, dann fragt er, leicht verunsichert, in die Runde: »Die waren gefärbt?« Kein Mensch weiß, ob diese Haare gefärbt waren oder nicht, und ich wette, auch Esra hat keinen Nachwuchs gesehen. Aber die Zuhörerschaft nickt einstimmig. Vermutlich ist allen klar, dass Esra gerade den einzigen Trumpf, den wir Studierenden hatten, aus dem Ärmel geschüttelt hat. Der Witzmann runzelt die Stirn, es vergehen wieder mindestens zehn Sekunden, dann schaut er auf seine Uhr – die auf dem linken Handgelenk. Dann auf seine andere Uhr, die auf dem rechten Handgelenk. (Okay, das war jetzt erfunden.) Und dann sagt er: »Also dann, bis nächste Woche.« So viel zur Hexen-Scheiterhaufen-Theorie. Ich atme auf und habe das Gefühl, dass die Menschheit und diese Frau vielleicht doch noch nicht ganz verloren sind.

Was ich vermissen werde, wenn Karim heiratet

die zusätzliche Wärme unter der Bettdecke
das Kratzen seiner Bartstoppeln in meinem Nacken
dass es schon nach Kaffee riecht, noch bevor ich richtig wach bin
seinen Anblick in meinem altmodischen, gerüschten Omanachthemd, das er manchmal überzieht, wenn er ins Treppenhaus aufs Klo muss, und manchmal anlässt, bis er geht
den Geruch seines T-Shirts, das ich überziehe, wenn mein Nachthemd schon vergeben ist (Weihrauch und Myrrhe, ganz ohne Zweifel)
die zweite Mulde in der Matratze

3. Dezember, wieder Post aus Irland

was ich an Juli mag:

dass sie in Krisenzeiten beginnt, Listen zu schreiben

dass es sie glücklich macht, aus geblümten Omatassen Vanilletee zu trinken

dass sie in Autobussen nicht schlafen kann und dann mit ihren scheißkalten Zehen zu mir kommt, damit ich sie wärme

dass sie im Schlaf spricht und sich am nächsten Tag an nichts erinnern kann

dass sie an ihrer Unterlippe kauen wird, wenn sie diese Karte liest

Ich würde ihm ja zurückschreiben, käme er jemals auf die Idee, mir seine Adresse zu schicken.

Ich stehe vor Rabes Fenster und fasse den Entschluss, mir für meinen täglichen Abendspaziergang eine neue Route zu suchen.

5. Dezember, Nachricht von Ronja

hey, juli, hab mich entschieden, über weihnachten hierzubleiben. meine au-pair-family macht urlaub und überlässt die wohnung – trommelwirbel – mir!!! zwei wochen lang! juchhuuu! also, wenn das kein grund ist, mich endlich mal hier zu besuchen! ronja

Elias geht an die Bar und bestellt eine Runde Bier für uns alle. Die Flaschen klirren, als wir prosten. Ein kaum hörbares Geräusch inmitten des wummernden Beats. Sich zu unterhalten fällt schwer angesichts der Lautstärke der Musik, muss aber auch nicht sein. Wir trinken, wippen leicht mit den Knien, lassen uns einfach mittragen von der Welle.

Irgendwann gehe ich auf die Toilette, setze mich auf den kalten Sitz und mache eine Weile gar nichts. Der Alkohol breitet sich wohlig in meinem Kopf aus, alles wird ein bisschen weicher, flüssiger, weniger kantig. Draußen an den Waschbecken wird gekichert, gelacht, vermutlich auch geweint. Die einen Herzen neu geboren, die anderen frisch gebrochen. Lippen werden bemalt, Lidstriche nachgezogen, Haarsträhnen festgesteckt, Mähnen aufgeschüttelt. So ist es immer in Nächten wie diesen. Und Nächte wie diese sind jede Nacht. Wahrscheinlich gibt es auf jedem Kontinent, in jedem Land gerade Menschen, die dasselbe tun. Tanzen, lieben, leiden, sich schminken, nach Hause gehen, zu Hause auf jemanden warten, gerade erst ankommen, Alkohol trinken, Joints rauchen, ausflippen, melancholisch werden, sich verlieren, sich suchen, jemand anderen suchen, sich finden oder etwas anderes finden, mit dem sie nicht gerechnet haben.

Unter meinen Schenkeln ist die Klobrille immer noch kalt.

Ich lese Sprüche und Liebesbeteuerungen, Telefonnummern und Werbeslogans auf der vollgeschmierten Tür. Lese sie, aber nur mit den Augen, bis zu meinem Hirn schaffen es die Botschaften nicht. Ich könnte auch etwas hinkritzeln. So was wie: *Ich war da.* So bescheuert und banal es klingt, aber irgendwie fühlt es sich genauso an: Als wäre ich endlich wieder da. Im Hier und Jetzt, statt im luftleeren Raum, irgendwo zwischen Erinnerungen und Zukunftsphantasien. Als hätte ich wieder auf *play* geschaltet, nachdem ich in den letzten Monaten ständig nur zwischen *pause, rewind* und *fast forward* herumgesprungen bin. Irgendwann ziehe ich Unterhose und Jeans hoch und drücke die Spülung.

Als ich die Kabine verlasse, kommt Esra gerade in den Waschraum. »Juli, da bist du ja!«, ruft sie laut und spitz. Zwei, drei Bier reichen, um Esra in ein kleines, überdrehtes Mädchen zu verwandeln. Das finde ich irgendwie sehr sympathisch. Sie stellt sich vor den Spiegel und beginnt, ihre Lippen nachzuschminken. Als sie fertig ist, hält sie mir den Stift wortlos und wie nebenbei hin. Also mache ich es ihr nach. Der Lippenstift ist dunkelbraun. Esra steht die Farbe, an mir sieht sie eher eigenartig aus. Oder vielleicht auch nur ungewohnt. Wir verlassen Hand in Hand die Toilette. Esra geht voraus, ich verknote meine Finger mit den ihren und folge ihr einfach. Sie ist wie eine Katze, weicht geschickt aus, schlängelt sich durch, streift hier und dort flüchtig an Hüften, Oberschenkeln und Bäuchen, aber so weich und sanft, dass es den Berührten gar nicht auffällt oder wenn, dann nur angenehm. Irgendwann stehen wir wieder vor Karim und Elias, aber da stehen wir nicht lange, weil Esra gleich weiterwill zur Tanzfläche, und wir folgen einfach. Wir tanzen zu Balkan-Pop, zu Trompeten und Zugposaunen, zu Geigen und einer Sprache, die wir nicht verstehen. Mit Karim zu tanzen ist leicht, wir treiben aufeinander zu und wieder voneinander weg in einem unabgesprochenen Rhythmus. Wenn wir uns berühren, spüre ich seine warme Haut, warm und weich, kein bisschen schweißklebrig. Manchmal wünschte ich, ich hätte ein Wort für Momente wie diese. In denen ich einfach nur bin. Da bin. Ganz bin.

Irgendwann, da wird es draußen schon hell, treten wir auf die Straße. Die Lider schwarz verschmiert, die Haare wild zerzaust, der Geschmack im Mund abgestanden und die Sohlen wund getanzt. Wir schlendern zur U-Bahn. Esra und Elias Hand in Hand, Karim und ich noch näher.

Der neue Tag ist noch kein neuer Tag, wird es erst sein, wenn ich aufwache, irgendwann zu Mittag, nach vier oder fünf Stunden Schlaf. Wenn ich mich aufrapple, unter der Dusche das Wasser über Haut und Haare rinnen lasse, Kaffee koche, die verschwitzten Kleider in den Wäschekorb werfe, das Fenster öffne, sitze. Mir ein Blatt Papier hole und versuche, mein weiteres Leben zu planen. Eine Liste schreibe. Auf der dann vielleicht steht:

Job suchen
Studienführer nochmals durchschauen
Haare färben
Sport machen (täglich!)
mit dem Rauchen aufhören
Niels endgültig vergessen

Vielleicht steht da aber auch:

Karim treffen
in seiner Werkstatt sitzen, Tee trinken und ihm vorlesen
jeden einzelnen Tag bis März
ihn küssen
mit ihm schlafen
am besten dreimal täglich
bei Esra und Elias auf der Couch sitzen und gesalzene Erdnüsse essen
Ronja in London besuchen
Ronja küssen
sie umarmen
lange und ausgiebig
Niels vermissen
Niels hassen
Niels vermissen
aber weniger
und immer weniger
Niels immer noch lieben
aber nur noch ein ganz kleines bisschen
so, wie man seinen ersten richtigen Freund eben für immer ein ganz kleines bisschen lieben wird
auf festgelegte Spazierrunden pfeifen und einfach ziellos durch die Stadt streunen und das möglichst oft
Haare schneiden (ganz kurz!)
August in Irland (be)suchen und ihn fragen, ob da eigentlich jemals irgendwas war zwischen uns oder ob ich mir doch alles nur eingebildet habe

Karim lieben
Karim lieben
Karim lieben
Karim lieben
mit Esra am orientalischen Frauenbadetag nackt auf den Marmorsteinen liegen und sie schön finden
meinen Job kündigen, *bevor* ich einen neuen habe
Karim fragen, ob er wirklich unbedingt heiraten muss
weinen, falls er nickt
ganz viel weinen, falls er nickt
mit ihm zusammen weinen, falls er nickt
tanzen
lieben
leben
leben

i found happiness
it was hiding in this song
and as usual
i'd been crying way too soon

i found poetry
it was right there on the street
and as usual
i'd been looking the wrong way

and i found gorgeousness
in the sparkling of your eyes
and as usual
i'd been blind to who you really are

but that's alright
it always has been
and it's okay now
i just refused to see

'cause as long as we are here
and we connect we chose our pace
and then we dance to our own beat

and nothing will distract
except the concepts in our heads
so we let go
so we let go
and then we dance

(Mika Vember)

Milch
Joghurt
Käse
Brot
Müsli
Grieß
Karotten
Mango
Sahne
Olivenöl
Zwiebeln
Nudeln
Tomaten
Kümmel
Chips
Trinkhalme
Taschentücher
Seife
Flugticket

Zitatnachweis

Seite 116: Clara Luzia, Blurry aus dem Album Railroad Tracks (Asinella Records AR01), © 2006 Clara Luzia

Seite 200: Mika Vember, Beauty in unexpected places, Album Now or Now (Asinella Records) © 2008 Mika Vember

Übersetzung von Seite 167: Engel können fliegen, weil sie sich selbst leicht nehmen

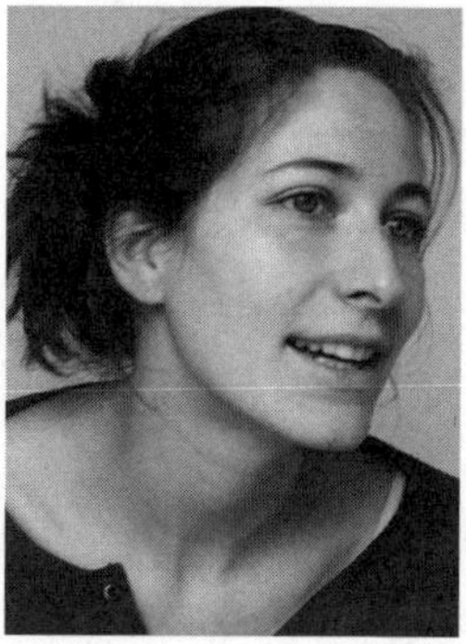
© privat

Elisabeth Steinkellner

Elisabeth Steinkellner, geboren 1981 in Niederösterreich, Ausbildung zur Sozialpädagogin und Studium der Kultur- und Sozialanthropologie in Wien. Sie lebt und arbeitet als Autorin von Kurzprosa, Lyrik und Kinderbüchern (mit Bildern von Michael Roher) in Baden bei Wien. *Rabensommer* ist ihr erster Roman für Jugendliche.

Lena Hach

Nichts wünsche ich mir mehr

Roman, 206 Seiten (ab 14), Beltz & Gelberg 82191
Ebenfalls als E-Book erhältlich (74831)

Nach der Diagnose »Alopezie«, bricht für Katha eine Welt zusammen. Ein Leben ohne Haare?! Katha traut sich nicht mehr vor die Tür. Niemand soll merken wie anders sie ist. Schon gar nicht Jasper. Aber der bringt Katha mit einem Candle-Light-Dinner im Hotdog-Kostüm zum Lachen. Doch darf Katha ihre Gefühle zulassen? Hält die Liebe ihre Krankheit aus?

Christoph Wortberg

Der Ernst des Lebens macht auch keinen Spaß

Roman, 192 Seiten (ab 14), Gulliver 74659
Ebenfalls als E-Book erhältlich (74450)

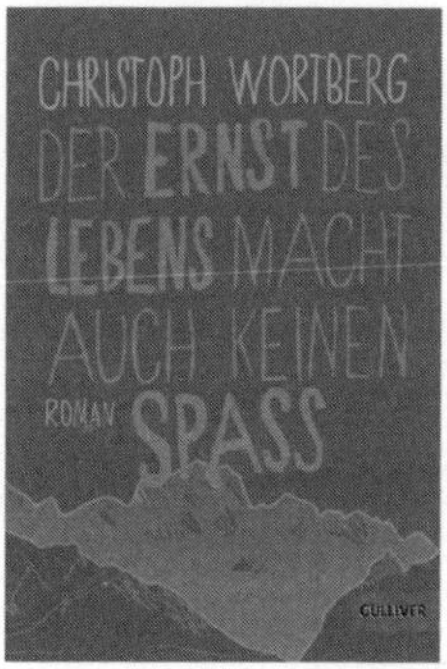

Lenny hat seinen älteren Bruder Jakob immer bewundert. Den Großen, den Alleskönner. Doch jetzt ist Jakob tot. Lenny beginnt, Fragen zu stellen. Wer war sein Bruder? Wer ist er selbst? Und was, zum Teufel, ist der Sinn des Lebens ohne Jakob? Da trifft Lenny auf Rosa. Sie kannte seinen Bruder. Besser als er ahnt …

GULLIVER

www.beltz.de
Beltz & Gelberg, Postfach 10 01 54, 69441 Weinheim

Christian Walther (Hrsg.)

Hinter den Lichtern

18 unglaubliche Stories, 265 Seiten (ab 14), Beltz & Gelberg 82100

Eine junge Frau, die von einer Paprika Superkräfte bekommt ... Freunde, die beschließen, nicht mehr zu sprechen, und sich auflösen ... Eine Tote, die Schlittschuh läuft ... und andere unglaubliche Geschichten, die vom Leben und von Scheinbarkeiten erzählen. Von den Dingen, die hinter den Lichtern passieren. Und von Menschen, die manchmal nicht so genau wissen, wo sie stehen und wohin mit sich. 18 exklusive Originalbeiträge u.a. von Frank Goosen, Inger-Maria Mahlke, Lena Hach, Johannes Groschupf, Boris Koch, Antje Wagner, Oliver Uschmann & Sylvia Witt, Luca Bloom und Christoph Wortberg.

Regina Dürig

2 ½ Gespenster

Roman, 137 Seiten (ab 14), Gulliver TB 74804
Ebenfalls als E-Book erhältlich (74544)
Peter-Härtling-Preis
Literaturpreis des Kantons Bern

Jonna ist fasziniert von dem Typen mit den roten Cowboystiefeln, der auf einmal da sitzt, drei Stücke Mohn-Zitronen-Sahnetorte verschlingt, aber nicht bezahlen kann. Leo – so nennt er sich zumindest – bekommt einen Aushilfsjob in der Druckerei von Jonnas Vater und nistet sich bei ihnen ein. Er flirtet mit Jonna, beleidigt und ignoriert sie. Jonna wird auf einmal klar, was für ein Spiel er mit ihr, mit ihnen allen treibt – und was ihr zunächst geheimnisvoll erschien, wird langsam richtig gespenstisch.

GULLIVER www.beltz.de
Beltz & Gelberg, Postfach 10 01 54, 69441 Weinheim

Antje Wagner
Unland
Roman, 384 Seiten (ab 14), Gulliver 74511
ver.di Literaturpreis 2010

Franka ist der »Neuzugang« im Haus Eulenruh, einem Wohnprojekt für Jugendliche in einem kleinen Elbdorf. Doch irgendetwas stimmt nicht in dem Ort. Wieso schweigen die Bewohner so beharrlich, wenn man sie auf das verlassene Dorf Unland, diese Ruinenlandschaft am Waldrand, anspricht? Franka und die »Eulen« stoßen bald auf ein unheimliches Geheimnis …

James Proimos
12 things to do before you crash and burn
Aus dem Amerikanischen von Uwe-Michael Gutzschhahn
Roman, 120 Seiten (ab 14), Gulliver 74525

Nur Hercules traut sich auf der Trauerfeier auszusprechen, was sein Vater wirklich war: Ein Arsch. Zur Strafe muss er zu seinem Onkel reisen und erhält eine Liste mit 12 Aufgaben. Eine schräger als die andere. Aber Hercules hat ganz anderes vor: Er will das schöne Mädchen aus dem Zug wiederfinden. Während er sie sucht, erledigen sich seine Aufgaben fast wie von selbst …

GULLIVER www.beltz.de
Beltz & Gelberg, Postfach 10 01 54, 69441 Weinheim